PSYCHO-PASS
心靈判官
沒有名字的怪物

0

高羽彩

TAKAHA

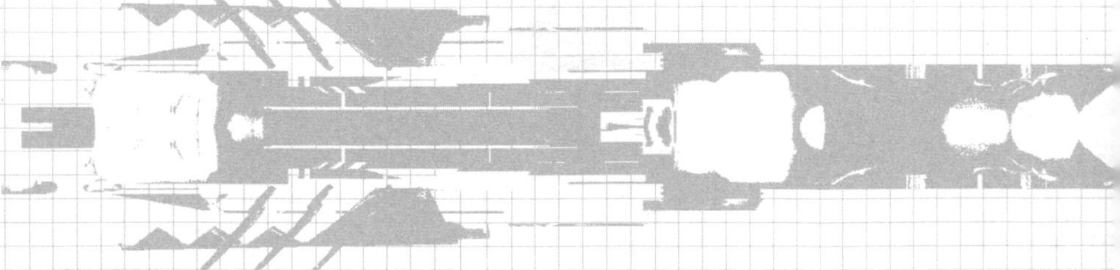

輕文學
Light Literature

目錄

「我啊，可是因為太愛女人才會淪落為潛在犯喔。」

這是執行官佐佐山光留的口頭禪。

第一章　來説個童話故事吧

1

深夜，在巨大風扇聲不絕於耳的公安局刑事課第一分隊刑警辦公室裡，監視官狡噛慎也與執行官佐佐山光留怒目相視。不，正確而言，是只有狡噛瞪著佐佐山。

「喂……」

狡噛心想，自己怎麼會發出這麼窩囊的聲音？有氣無力的呼喚轉瞬間被巨大風扇聲絞碎，無法傳入近在咫尺的佐佐山耳裡。

「你知道你做的事嚴重違反了職務規定嗎！」

甫一出口，言語彷彿又被捲入換氣口般煙消雲散。狡噛空虛地嘆了口氣，仰頭看天花板。

從剛才到現在，究竟重複過幾次這段對話？

明明滿腔怒火，卻連這股情緒也變得徒具形式，自己都覺得像是在演戲。投射呆板光線的日光燈，簡直像襯托這場鬧劇的優秀小道具。

監視官之職責在於監視執行官，並妥善運用他們完成任務。

狡噛剛進公安局時，在新人研習設施中曾被如此教導，但實際上……眼前這名男子一次也不曾服從狡噛的指示完成任務。不，或許有過一次吧？總之趨近於零。狡噛在理想與現實的差距中抱頭苦惱，不知不覺已過了五年半。

狡噛發出今日不知第幾聲的嘆氣，忍不住怨恨起希貝兒先知系統做出「佐佐山光留具有執行官適性」的神諭。

希貝兒先知系統——這是厚生省管轄下的總括性生涯福祉支援系統的名稱。

此一巨型演算機構，能將人的精神狀態數值化，提供每個人最佳的社會福利。舉凡心理狀態、性格傾向、興趣嗜好或職業適性等，任何精神特質在希貝兒先知系統面前都無所遁形，人們再也不必汲汲營營就能得到最適合的職業、最適合的居住環境、最適合的人際關係，以及最適合的人生。

面臨人生選擇時所伴隨而來的煩惱，只存在於古典作品中。

俗話說：「適才適所，人盡其才，這正是希貝兒帶給人類的恩澤。」

如同這句話所示，在希貝兒控管的世界中，每個人都依循與生俱來的職業適性參與社會，每個人都是不可或缺的拼圖。

當然，就連正在狡嚙面前大打呵欠的這名男子也是一樣。

「別氣了、別氣了，狡嚙，先擦擦你的頭髮再說吧。」

無視於狡嚙的煩悶，佐佐山語帶輕鬆地邊說邊遞出毛巾。

在這個多雨的城市裡，出門碰上驟雨可說稀鬆平常。今晚出任務時突然下起雨來，狡嚙一頭黑髮飽吸雨水，變得沉甸甸的。

佐佐山出乎意料的體貼態度多少令正在發飆的狡嚙有點尷尬。不想被看穿這種心境變化的他微微點頭，伸出手想接過毛巾，但伸到一半立刻打住。

因為佐佐山遞出的毛巾不僅皺巴巴的，還發出陣陣惡臭，上頭印有「大山溫泉ＳＰＡ樂園」的模糊字樣。

「佐佐山，這條毛巾是怎麼回事……」

希貝兒先知系統自問世以來持續提升測量精神特質的精準度，如今已能分析出個人今後可能犯罪的預測值——「犯罪指數」。一旦被測量出具有高度犯罪指數者，會被視為潛在犯而受到隔離，一切犯罪將在實行前即被消弭。

部分潛在犯經妥善治療後即能回歸社會，然而，一旦犯罪指數超過規定數值，就會被判定為無法以醫學方式根治，只能在矯正設施中終其一生。這些送進矯正設施的潛在犯當中，被希貝兒判斷為具有適性者則會被指派為「執行官」，在嚴密監視下為社會做出貢獻。

執行官連自由購買日用品的權利也沒有，遑論去溫泉渡假。因此，執行官持有印著溫泉設施名稱的毛巾，怎麼想都不對勁。雖覺得再怎麼責問也得不到有意義的回答，狡噛還是開口了。與其說這是秉持「監視執行官的一舉一動」精神的盡忠職守，不如說是出自五年來和佐佐山同一職場的下意識反射行為。

「我剛才在扇島撿到的，就掉在路旁。」

答案果然一如猜想，無聊透頂。狡噛深深嘆氣，垂下頭來。一、兩顆水珠從他的瀏海滑落，滲入刑警辦公室的單調地板中。

「啊啊，你果然濕透了嘛！快擦一擦。」

「不必了！」

「好吧。」

雖被狡噛惡狠狠地拒絕，佐佐山似乎也不以為意，開始用毛巾猛擦起頭。受到激烈搓揉，佐佐山短髮上的水珠噴灑出去，沾濕了狡噛的臉頰，更點燃他心中的一把火。

「別在任務中去撿那種東西！」

「不然你說該何時去撿？沒值班的時候嗎？在空蕩蕩的執行官宿舍裡？那種地方有什麼東西能撿？」

「問題不在這裡……我是要你別在任務中任意行動！更何況——」

更何況這無關乎任務，是常識的問題。

「你不覺得很髒嗎！別那麼豪爽地用在廢棄區域路上撿來的毛巾擦頭髮！」

今晚他們去目前日本最大的廢棄區域——扇島執行任務，當時的景象又在狡噛腦中浮現。

在日本仍存在海外貿易概念、仍以石油做為主要能源的時代，扇島是個私人企業工廠林立的大型工業區。但隨著時代變遷，海外貿易沒落，日本人口銳減至全盛期的十分之一，大型生產線的需求也巨幅縮減，扇島如今已結束原有責任，成為「官方宣稱」的巨大無人廢棄區域。

之所以說是「官方宣稱」，是因為實際上仍有人住在這裡。不管是什麼時代，總有一定比例的人善於尋找祕密藏身處。扇島如今成了無法融入希貝兒先知系統、做過虧心事者的窩。

蟄伏於東京灣旁的巨大怪物暗影。

骯髒而陰暗，拒絕社會者的終點站。

在居民長年違法增建、改建下，扇島的工廠群早已失去原有面貌。通風管彷彿觸手般由鋼鐵建築中無限延伸而出，有些地方中途截斷，有些地方又與其他建築物連結，形成某種有機生物般的陰影。

陳年油汙和灰塵結合，變得又黑又黏，到處沾附。不知從何處流過來、奇色異彩的汙水上，漂浮著瘦弱老鼠的屍體。

腳邊還有全身沾滿嘔吐物的遊民趴倒在地。

光是回想，就覺得薰天臭氣又要衝入鼻腔。

這傢伙居然用從那種地方撿來的毛巾擦頭髮？更過分的是，他還滿不在乎地也要狡噛用這條毛巾擦頭髮？狡噛覺得飽吸雨水的頭髮益發沉重。潛在犯果然是潛在犯，真是無可救藥。

「其實根本不髒也不臭，你自己聞。」

說完，佐佐山一把將毛巾塞往狡噛鼻頭。狡噛忍不住驚叫一聲，後仰閃避。也許被他狼狽的模樣戳中笑點，佐佐山不禁哈哈大笑。

佐佐山的開朗笑聲，終於讓狡噛膨脹至極點的怒氣爆發。

狡噛重重搥了身旁的桌子，怒不可遏地大吼：

「我要求你對今晚的值勤態度提出悔過書！」

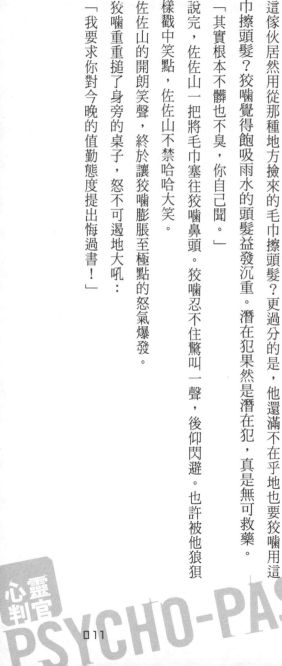

「咦～」

「你知道自己在做什麼嗎！」

「社會貢獻？」

「哼！」聽到他這麼說，狡噛大大地用鼻孔出個氣，隨後又覺得自己的反應太誇張了點，簡直像在演戲。

「聽了真教人傻眼。縱容明顯測出非法數值的潛在犯逃走，居然敢自稱貢獻？」

「對女人開槍不合我的行事作風。我啊——」

狡噛立刻打斷佐佐山的發言：

「『我啊，可是因為太愛女人才會淪落為潛在犯喔。』是吧？早聽膩了。」

雖然廢棄區域長年做為一種禁忌而存在，但這幾年來，社會上開始瀰漫一股將之拆除的風潮。今晚，拆除業者和廢棄區域的居民間又爆發小規模衝突。

狡噛等人接獲驅散命令趕往現場，佐佐山卻縱容現場的潛在犯逃走，而且只限女性。

佐佐山整個上半身靠在辦公椅椅背上，轉了一圈，以充滿淘氣神色的視線望向狡噛，吐了吐舌頭說：「可是啊～」

接著，他將上半身往前傾反駁：

「問題是，怎麼現在才突然想拆除扇島？政府幾十年來都對那裡視若無睹，不是嗎？但也託此之福，數量過多處理不來的潛在犯某種意義上也等於被隔離在那裡。只要他們安分地窩在裡頭，就不至於造成危害。老實說，這對公安局或扇島居民來說都是好事吧？」

沒錯，公安局長期苦於慢性人手不足的問題，對於散見各地的廢棄區域向來敬而遠之。不管裡頭發生什麼事，基本上不在職務範圍內。也因此，包括公安局在內的行政機關，一直都對廢棄區域睜一隻眼閉一隻眼。

「就算真的進去威力掃蕩，將裡頭的傢伙一網打盡，難道就有足夠的矯正設施來收容如此眾多的潛在犯嗎？」

佐佐山個性雖粗暴，卻非不學無術，更不是蠢蛋。狡嚙很明白，在他世故的眼神之中閃爍著知性的光芒。

佐佐山一針見血的反駁雖令狡嚙狼狽，但他還是盡可能找出話來反擊。

「那種事……不是你或我應該思考的，我要說的是你放走潛在犯的做法大有問題，因為你等於是剝奪了讓潛在犯更生後回歸社會的權利。」

「更生後回歸社會嗎……不愧是公安局的菁英分子，理念可真崇高。」

佐佐山掃興地嘆口氣，從西裝的胸前口袋中取出被壓扁的香菸點火。

「要抽嗎？」

「我說過很多次了，我不抽菸。」

「啊，對喔。」

由佐佐山口中呼出的煙在兩人之間飄盪，彷彿象徵著這件事根本沒什麼好討論的。

輕度潛在犯透過治療是有可能降低犯罪指數，但倘若數值惡化到某種程度，就不再有機會更生。如此一來，潛在犯不是被拘禁在矯正設施裡終其一生，就是當個執行官，在嚴格的監視下貢獻社會一輩子。

佐佐山的沉默彷彿在說，不管狡噛所揭櫫的人權理念多麼崇高，潛在犯的下場就是這麼一回事。身為潛在犯的他再明白不過……

香菸的白煙迅速被吸入風扇裡，消失得無影無形。

2

「喂，沒事的話我可以回去了嗎？」

視線在兩名互瞪的男人之間來回，桐野瞳子開口問道。

好冷。

眼前的男人們自顧自地爭吵，對於水珠不斷沿著制服皺褶滑落的瞳子，連一瓶熱飲、一條毛巾都沒有提供。瞳子的身體早被十一月的寒風吹得冰冷，現在見到這兩名男子的冷漠態度，更覺寒入心頭。

「喂，我很冷耶，不能調高空調的溫度嗎？」

瞳子今年十六歲，有生以來未曾遭遇如此粗魯的對待。

她自幼就讀私立名校櫻霜學園，在同為千金小姐的同學們圍繞下，宛如一朵溫室花朵般長大；就算走出校園，只要身上穿著這件可說是某種身分象徵的水手服，人們也會敬她三分。

但現在又是怎麼回事？

象徵悠久校史的水手服與自豪的蓬鬆豐厚黑髮飽吸大量雨水，寒酸地貼在身上。她明明已變得這副萬一嚴格的父親看見一定會痛哭崩潰的慘狀，眼前的兩名大人卻視若無睹，連一點關心也沒有表示。

瞳子已達忍耐的極限，不論精神上或體力上都是。

也許是注意到瞳子微慍的態度，短髮男露出與剛才判若兩人的笑容，轉頭對她說：

「啊，疏於照顧真不好意思！這傢伙的腦袋太頑固了。」

他叼著香菸，努了努下巴指著另一名黑髮男子。

由他們剛才的對話聽來，黑髮男似乎是短髮男的上司，但短髮男對他卻分毫未顯畏懼或尊敬之情。

兩人的關係令瞳子疑惑。也許察覺了她的視線，黑髮男表情尷尬地聳聳肩說：

「對不起，我立刻把暖氣開強一點，順便派人拿東西過來讓妳擦乾身體。」

黑髮男說完背對瞳子，對配戴在手腕上的行動裝置開口：「兩條毛巾……」他自己似乎也要一條。

黑髮男配戴的是僅限政府官員使用的特殊行動顯像裝置，聽說規格與配給一般民眾的不同，不知是否真是如此。瞳子抗拒不了逐漸攀升的好奇心，探出身體確認，短髮男卻毫不客氣地闖入她的視野。

「妳真可愛耶。妳穿的是櫻霜學園的制服吧？那一所超級千金大小姐學校。」

比起遭人毫不顧忌地靠近身邊，視野受到遮蔽的事更令瞳子不悅。她瞪了湊過來的短髮男一眼。短髮男似乎略感吃驚，睜大雙眼，接著眉開眼笑地說：「好活潑的大小姐。」

說完，他滿意地抽了幾口香菸，吐出煙霧。

沒想到現在還有人抽香菸這種上世紀的遺物。忠於好奇心的瞳子又睜大雙眼，緊盯著短髮男的香菸。

「嗯？怎麼？好奇嗎？要抽嗎？」

短髮男遞出皺巴巴的香菸包裝問，他的頭立刻挨了一記來自黑髮男的巴掌。

「我已經聯絡過妳的學校，妳先在這邊靜候別人來接吧。」

黑髮男這句話彷彿一道冷風，鑽入瞳子的骨髓，使她不禁微顫起來。看到瞳子發抖，黑髮男問：「還會冷嗎？」

冷透了。

一想到歇斯底里的女教師布滿青筋的憤怒面容，瞳子的心又涼了半截。女教師肯定會微顫著那張宛如乾枯沙漠般爬滿皺紋的臉這麼說：「瞳子同學，怎麼又是妳？」

「不必了……我可以自己回去。」

「我們不能放任未成年的孩子這麼晚還獨自在街上遊蕩，尤其是剛剛才在廢棄區域被我們帶回輔導的人。」

瞳子滿臉不高興地嘟起嘴巴，黑髮男勸戒：

「深夜還在廢棄區域遊蕩真的很不好。妳現在色相還沒問題，但今後繼續重複這種行為的話，可就難說了。」

發現黑髮男訓斥的對象從短髮男轉移到自己身上，瞳子的表情越發因心寒而扭曲起來。

一名正值二八年華的多愁善感時期，卻被關進巨大監獄般的住宿制女校的健全女子，為了追求小小的自由而上街遊蕩，究竟有何不可？

沒錯，她前去的地方是日本最大規模的廢棄區域。瞳子很明白這以青春期的小小脫序行為而言，似乎太過火一點。即便如此，她還是無法坦然認錯。

留著一頭半長髮的她故意不理人地把頭轉向一邊，玩弄起髮梢。

對付大人，這種態度最有效了。

只要徹底擺出不理人的態度，對方通常會激憤起來。見到別人發怒，自己自然會相對地冷靜下來。瞳子很清楚，激怒大人來確保自己在精神上的優勢，並在心中瞧不起對方，是度過青春期的正確方法。

「喂，妳有在聽嗎？」

果不其然，黑髮男受不了瞳子目中無人的態度開口了。

瞳子很滿意地用手指繼續玩弄濕濡的髮梢，在心中對他吐舌頭。

一旁傳來忍住笑意的聲音。

「就算是狡嚙也拿女高中生沒轍嗎？」

因忍著笑而肩膀抖動的短髮男望著瞳子說：

「妳這位千金小姐或許不知道吧？這世上可是有許多妳連想像也想像不到的壞傢伙喔。譬如說，像我這種的！」

短髮男突然站起，撲到瞳子身上。瞳子發出尖叫，揮舞書包抵抗。

但短髮男早就猜到她會這麼做，一隻手輕輕架開攻擊，接著擰住她的手把她壓在桌上。

瞳子的上半身隨著腕部牽動趴倒在桌上。受到衝擊的書包釦環鬆開，內容物掉了出來。

「！」

「喔，不肯求饒嗎？還挺可愛的嘛——」

話還沒說完，換短髮男的手被高高擰起，從瞳子身上扯開。

「好痛好痛好痛好痛！」

「你啊……給我收斂一點吧，真是的。」

黑髮男一臉受不了地擰住短髮男的手腕，向瞳子道歉。

「對不起，我會好好教訓他。」

什麼跟什麼嘛？

突然間，感到可笑的心情油然而升，瞳子失聲笑了出來。

淋成落湯雞、被輔導、被說教（等會兒女教師來了還得再聽一次）……雖然這一切體驗都糟透了，卻又有趣得足以彌補這些痛苦。乖乖遵守教師與父親的教誨，在如溫室般嚴格控管的女校中雖能享受安全，卻絕對無法獲得這些經驗。

就是這樣，瞳子才無法放棄窺探外頭的世界。

某名男子的臉龐在她心中浮現。

瞳子用手帕擦掉笑得泛出眼角的淚光，心想「那個人」一定和自己有相同的想法吧……希望如此。

3

面對自剛才起時而憤怒、時而擺臭臉、時而燦笑，短短時間內沒露出過同樣表情的瞳子，狡噛和佐佐山不禁互看一眼。

今晚，她孤零零地站在雨中的廢棄區域角落。

一名手拿黑色皮革書包，有教養地穿著水手服和百褶裙的女高中生，直挺挺站在那個髒亂之處，明顯很異常。

在廢棄區域紛雜的霓虹燈映照下，濕淋淋的人影隱約浮現的模樣，勾起佐佐山曾看過的科幻電影印象，使他停下腳步。

淤泥中的蓮花——這種形容也許陳腐了點，但佐佐山真心覺得如此。

從被雨水淋濕的黑髮之間，隱約可見蒼白冰冷的肌膚被霓虹染上藍或紅或黃的繽紛色彩。燈彩的變化，彷彿暗示少女內心的動搖，這短暫的光輝奪走佐佐山的目光。

現在的她雖然是在公安局平板的燈光照耀下，變化萬千的表情卻還是和閃爍繁複色澤的天然礦石一樣光彩奪目。

「總之我想說的是，妳要學會保護自己。」

寶石從不知自己在他人眼裡有多麼晶燦誘人。

它們具有強烈的魅力，有時甚至會引發暴力的衝動。

「像妳這個年紀的孩子，往往會過度相信自己的能力。就如剛才，妳以為自己什麼都辦得到，對吧？」

佐佐山的話令瞳子難以反駁。

「給我聽好，妳現在或許以為這世上沒有自己辦不到的事，但支持妳這份自信的是無知。沒有比將來為了自己的無知而痛哭一場更悲慘的事。聽我這個大人說的話準沒錯。」

「什麼嘛……自以為了不起，還不就只是個潛在犯……」

「哈哈，這倒沒錯。」

佐佐山輕聲一笑，輕輕拍了兩下瞳子的頭，接著開始收拾掉落在桌子上的瞳子私人物品。他細心地一一撿起這些充滿少女色彩的雜物。

除了平板電腦、隨身碟等現代化數位機器以外，也有這個年頭很稀有的紙本書或筆記本。也許是因為瞳子就讀的櫻霜學園，提倡使用類比記憶媒體的緣故。

佐佐山一面佩服地心想「不愧是注重傳統的名校」，一面繼續確認散落在桌上的雜物。這時，某樣東西吸引了他的注意。

「這不是單眼相機嗎……」

在粉紅或黃色的繽紛粉彩中，唯獨相機黝黑粗獷的機身與有男性拳頭大小的鏡頭，釋放出異樣的存在感。

「慢著，這是NICHROME D7000耶！這可是超級名機！妳居然用這麼高檔的相機。」

佐佐山立刻將之拿起，眼睛湊向觀景窗。

「唔喔！好棒！這種沉甸甸的手感！」

「喂！別隨便動我的東西！」

佐佐山輕鬆躲開瞳子急忙想搶回而伸出的手，仔細觀察相機各部位。

「這還能用嗎？這已經是幾十年前的古董吧？在日本仍是工業大國時製造的。」

瞳子繞著佐佐山身邊左蹦右跳，試圖奪回愛機。佐佐山毫不在乎地接著說：

「讓我看看妳拍了什麼。」

他未徵得瞳子同意，逕自連上官方顯像裝置，顯示出圖片檔案。

在瞳子高亢尖叫聲響徹室內的同時，大量圖片檔案在三人眼前展開來。

「居然擅自看別人的檔案，真是差勁透了！」

「幹嘛那麼緊張？裡頭該不會有性愛自拍照吧？」

「性愛……咦？」

「如果是這樣，就更有檢查的必要了～」

「喂，佐佐山……」

只不過，顯現出來的都是一些和朋友的合照、校舍或餐廳的景象……和平，又顯得有些貴族氣息的瞳子日常生活的寫照。當中也摻雜了幾張廢棄區域的照片。

「這些是今晚拍的嗎？」

狡噛訝異地看著這幾張迥異於其他的照片問道。

「對啦！我就是想說如果去廢棄區域，應該能拍到比較有趣的照片才去的！已經看夠了吧？快還我！」

佐佐山邊伸手制止滿臉通紅地想撲過來的瞳子邊開口：

「有趣的照片？妳認真的嗎？」

「啊？」

「焦距沒對準，曝光也錯誤百出。這些照片別說有趣或不有趣，連稱為照片都不夠格。」

瞳子早已紅冬冬的臉頰變得更紅，彷彿加上彩色濾鏡一般。

「那是……因為……我還在學習啦！」

憤怒與羞恥令她奮不顧身地從佐佐山手中奪回愛機，眼前的顯像圖片也隨之消失。

瞳子拚命平復激烈的心跳，心想刑警居然沒有個人隱私的概念。

「叮咚」的電子聲傳來，庶務多隆捧著毛巾無所適從地呆站著。佐佐山若無其事地走向門口，拎起毛巾，直接拋向瞳子。

高級絨毛布料的觸感和柔軟劑的香味，彷彿能讓人昏厥般地令人安詳。激動的情緒一瞬間煙消雲散，身體覺得沉重起來。對於身體誠實的反應，瞳子感到自己果然還是個小孩子，不禁輕嘆一聲。

就是有這種孩子氣的部分，才無法引起「那個人」的興趣吧。

4

又過了幾十分鐘，瞳子被臉上冒著青筋的中年女教師帶離公安局。

「瞳子同學，怎麼又是妳！我這次一定要向令尊報告這件事！」

由於寶貴的睡眠時間受到打擾而更顯不愉快的女教師，以彷彿要扯斷的力道拉著瞳子細瘦的手，如此喊叫。

女教師這句「又」令佐佐山有點在意。

瞳子或許是深夜遊蕩的慣犯。

他有預感，不久的將來自己還會和這名少女相遇。

因為壞孩子總是不知道反省。

一思及此，心中油然升起一股騷動。類似發現有趣的玩具般，原始的怦然心動。

喀——佐佐山的腳似乎踢到什麼。他低頭一看，是個粉彩風格的粉紅色隨身碟，大概是從瞳子書包裡掉出來的吧。預感變成了確信。

佐佐山迅速拾起隨身碟，愉快地哼起歌來，並點燃今天不知第幾根香菸，深吸一口後呼出煙。從他背後響起裝模作樣的假咳聲。

是狡噛。

他那雙因受不了菸味而半瞇起的雙眼，似乎暗示著「我和你的話還沒說完」。

「抱歉，剛剛是我不好。」

佐佐山盡可能表現得乖巧。

結果，原本目露凶光的狡噛，瞬間變得像被自己養的狗咬到手的少年般慌張。

佐佐山眼前這名青年，是頂著公安局第一的優異成績的響噹噹名號進入刑事課的優等生。富有機智、具有迅速的決斷力，經過嚴格鍛鍊的肉體也非一般人所能望其項背。不僅如此，他奠基於實力的健全精神，信奉公正、誠實的原則，即使面對佐佐山這種不良執行官，也將之視為職業上的夥伴，追求良好的信賴關係。也就是說，一旦受到背叛，就會深受重傷。

簡言之，就是個好人——凝視著白煙背後的狡噛，佐佐山得出此一結論。

然而，由於他的眼神太過光明磊落，反而蘊藏了看不清世界黑暗面的風險。

這個男人帶有一種危險性——以為自己筆直地朝明亮區域前進，殊不知只有眼前明亮，其實是一頭栽進黑暗中。

換句話說，就是無知。他一點也不懂人類的幽微心理，以及離堂堂正正很遙遠的下流陰私部分。

佐佐山不討厭這個男人。雖不討厭，卻感覺到積極正向的他，有時會毫無顧忌地刺痛自己的陰私部分。

浮現於強光之下的自己的漆黑暗影。

沒有人正視這般事實仍會感覺愉快，當然佐佐山也是如此。

「我以後會乖乖遵守職務規定，把潛在犯逮捕回來。」

聽到佐佐山煞有介事的保證，狡嚙明顯露出放心的表情，佐佐山忍不住興起想將他光明磊落的內心世界徹底翻攪一番的壞心眼。

「只不過，如果是我喜歡的女人就另當別論。」

尤其是今晚。

的行為。

佐佐山的情況有點奇怪。

雖然他過去對於執行官的職務也稱不上認真，但至少沒做出像今晚那種明顯違反職務規定的行為。

執行官必須忠於職務，其存在才能被社會所容許。倘若不能完成職務或做出反叛行為，其存在甚至會遭社會抹煞。

任職八年的佐佐山，不可能不明白這個道理。然而他卻——

今晚的佐佐山等於是在做自殺行為。

「佐佐山，你怎麼了？」

面對狡噛真摯的詢問，佐佐山的表情略顯僵硬。

「……沒事。」

「剛剛接獲聯絡，發生於月初的眾議員殺害案被指定為廣域重要指定事件，接下來應該會展開跨分隊的合作搜查。換句話說，今後監視你行動的人將不只有我。」

社會上主張拆除長期被當作禁忌的廢棄區域的聲浪，近期愈來愈大。其主因在於某事件的推波助瀾。

眾議員橋田良二殺害案。

身為廢棄區域拆除運動急先鋒的眾議員橋田良二被謀殺了。他的遺體不僅被用生物塑化技術（將屍體浸泡在特殊藥水裡使之塑膠化，製成可長期保存的標本之技術）處理過，還被細膩地分屍，彷彿人體標本般明目張膽地「展示」在他常去的赤坂高級日式料理店的前院裡。

遺體三指貼地，全裸跪坐在日式料理店的前院；頭顱上半部被切開，腦袋被挖空。經解剖後發現，大腦有一部分被切下插進肛門裡。

被塞進肛門的部位是海馬體——司掌記憶的器官。

橋田議員一直被懷疑是否收受主張拆除廢棄區域的人權團體的賄賂，但他在國會接受質詢時堅稱「我不記得有這件事」，這般厚臉皮的態度飽受各界批評。插入肛門的海馬體，也許是對他的諷刺吧。

總之，由於該犯罪行為嚴重逸乎常理，當遺體被發現時，周邊的區域壓力值瞬間爆增。擔憂市民的心靈指數惡化的厚生省下達報導管制令，不受管制的官員們無不驚駭顫抖。

由犯罪手法看來，這是一樁大規模的案件，然而，被害者失去聯絡的地點是他去視察時造訪的東京都內廢棄區域，該地完全沒有留下犯行紀錄，搜查也一無斬獲，因此各相關單位紛紛掀起拆除廢棄區域的聲浪。

於是，以厚生省為首的政府機關，只好著手進行拆除工作，長年來懸而未決的廢棄區域拆除計畫終於有獲得實現的可能。做為廢棄區域拆除運動象徵而廣受到矚目的，就是今晚狡噛等人前往的扇島。

發生事件時，與其致力於解決事件本身，不如改善造成事件發生的環境，這是這個時代特有的精神。

這個社會的基本邏輯是：希貝兒先知系統管理下的環境不可能發生犯罪，倘若發生犯罪，一定是環境本身有缺陷。

然而，想拆除已有一段歷史與特殊文化的扇島並非易事。結果，解決眾議員殺害案就成了刑事課的當務之急。

一般說來，刑事課的第一、第二、第三分隊負責的案件有明確區分，但在眾議員殺害案變成廣域重要指定事件的現在，各隊會打破藩籬，所有人員將通力合作來破解這個案子。

換言之，平時不熟悉佐佐山個性的監視官，也可能掌握到佐佐山的監視權。

萬一在彼此不熟悉的狀態下，佐佐山做出放蕩的行為，結果會如何？狡噛所擔憂的就是這種狀況。

聽到狡噛的忠告，佐佐山的嘴角扭曲起來。

他將剛點燃的香菸按在菸灰缸上，瞪視狡噛說：

「喔？你這句話是『我在對你睜一隻眼閉一隻眼，感謝我吧』的意思嗎？」

面對佐佐山挑釁般的回應，狡嚙的臉頰一瞬變得火熱。

狡嚙還沒來得及開口，佐佐山又加以追擊：

「難道不是嗎？你的意思就是：『假如不是我，你早就被主宰者一槍擊倒了。明白的話就乖乖聽我的話。』但是狡嚙，在我看來，那只是你個人的怠惰而已。若有執行官不聽話，便用主宰者處置，這不就是監視官的職責嗎？」

主宰者，只有刑事課所屬人員才允許攜帶的特殊手槍。

這把特殊手槍與希貝兒先知系統即時連線，能瞬間讀取出被槍口對準者的犯罪指數，並基於該數值執行鎮壓。

對於犯罪指數一〇〇以上、未滿三〇〇的人，是以電擊麻痺——「麻醉槍模式」處理。面對超過這個數值的人物，主宰者則會變形成威力強大的殺人武器——「實彈槍模式」。這種來自於希貝兒先知系統的鑑識之眼，平等地注視著生活在這座城市裡的所有居民。當然，即使是身為執行官的佐佐山也不例外。

佐佐山緩緩站起，上半身向前傾，閃爍凶光的雙眼朝上瞪視狡嚙，向他逼近。

「光明磊落的你或許忘了我可是潛在犯，隨時會對社會露出獠牙。即便是現在也一樣。」

說完，佐佐山把手伸向狡嚙眼前，遮蔽了他的視野，同時抓住他的額頭用力往後推。突然承受這般壓力，狡嚙一瞬間失去平衡。佐佐山接著立刻將向後跌倒的狡嚙的腳往前鉤。結果，就算是頑強的狡嚙，也輕易地屁股著地。接下來，佐佐山又立刻用右腳鞋底踩住想撐起身體的狡嚙胸膛，將他壓制在地板上，並以模仿槍口的手指對準他。

「狡嚙慎也監視官，屬任意執行對象——像這樣是吧？」

手指槍口後方的佐佐山雙眼湛露凶光，彰顯出他這一連串行動和剛才對瞳子的行為具有截然不同的意義。

事出突然，狡嚙只能像隻缺氧的魚般，嘴巴一張一闔。或許是對狡嚙狼狽的模樣滿足了，佐佐山冷笑一聲，緩緩把腳移開。

「狡嚙，你啊，就是缺乏實戰經驗。」

佐佐山眼裡已經沒有剛才的凶暴，但仍讓狡嚙心有餘悸。

「佐佐山……開玩笑要有限度。」

很明顯地，佐佐山出乎意料的行動讓狡嚙冷汗直流。以為聽從指揮的潛在犯竟然是隻瘋狗，這個事實被瘋狗自己擺在他面前。

「這不是玩笑，我說你太天真了。若不滿意我的所作所為就對我開槍，那就是你的工作。」佐佐山這麼說完，背對狡嚙坐下，再也不說話。

全世界所有聲音彷彿消失了。

只剩巨大風扇的旋轉聲填滿空間，令人喘不過氣來。

佐佐山知道自己剛才的行為有點自暴自棄。平常他不可能做出如此忤逆監視官的行為。

他所處的是個反叛就意味著死的世界。

他為什麼要如此違逆狡嚙？稍加思考就得到某個陳腐的答案，令佐佐山不禁苦笑。

腦中閃現今早傳送到他行動裝置裡的郵件內容。

郵件中寫著他不願見到的事實。一件足以動搖他身為執行官立場的最可怕事實。

他只是單純在發洩，把出於對自己無能的煩悶宣洩在狡嚙身上。

明知如此，佐佐山卻仍不想阻止自己墮入自暴自棄的迴圈。

他心想：唉，這就是世人所說的「老了」的狀況嗎？

就算狡嚙立刻從背後射殺他，他頂多只會感謝，不會怨恨。

佐佐山任由胡思亂想馳騁於腦中，讓自己委身於深深的緘默裡。

在彷彿會刺痛耳朵的沉默中，狡噛反芻佐佐山的話。

『我說你太天真了。若不滿意我的所作所為就對我開槍，那就是你的工作。』

的確，佐佐山說得沒錯。

表面上裝成對執行官寬容，實際上狡噛只是害怕用槍口對準執行官罷了。

至於理由，無疑是為了守護自己的人性。

狡噛凝視彷彿什麼事都沒發生過般吞雲吐霧的佐佐山背影。

從他口中流瀉而出的是：

「抱歉。」

一句道歉的話。

聽到這句話，佐佐山立刻回頭，兩眼睜得老大。這不奇怪，因為連狡噛也對自己吐出的話感到驚訝。

為何致歉？狡噛不明白自己說出口的瞬間抱持何種心態。

不過，像是被不經意流瀉的話語推了一把，思緒逐漸變得明晰。的確——

「的確，我的態度是種怠惰。但是……」

但是，他不是想為這件事道歉。

「我並不希望對你開槍。你雖然是潛在犯，但也是好夥伴。我不願意做出把槍口對準自己人的可悲事情。這是我自己的問題，但我還是希望你能收斂一下自己的行為。」

佐佐山睜大的雙眼逐漸恢復成平時的模樣。

但在那雙眼裡，閃爍著既不同意亦不反駁的複雜情感色彩。

結果，狡噛和佐佐山的關係在當晚並未好轉。

即使在其他第一分隊的成員結束任務回到局裡、打破了橫亙在兩人之間的沉默後，也沒辦法改變兩人間的氣氛。

就連第一分隊的另一名監視官宜野座伸元，在宣達眾議員殺害案變更為廣域指定事件時，佐佐山也一樣露出抗拒的態度說：

「我不適合這種一步一腳印地搜查智慧型罪犯的案件，比較喜歡從壞蛋手中救回可愛女主角的動作電影般的案子。等這個案子有女主角登場時，再呼叫我吧。」

他的玩笑話使宜野座監視官自豪的眼鏡蒙上憤怒的霧氣。

只不過，佐佐山期望「女主角登場」的願望很快就達成了。

很遺憾的是，她已先落入「壞蛋」的手中。

5

在冬日清晨的和煦陽光照耀中，少女展開翅膀，降臨於該處。

不，正確而言，是被「吊在該處」。

千代田區外神田的公共公園裡，仍在搭建中的偶像演唱會舞台上，一名少女全身沐浴在陽光中搖晃。

她背後延伸出類似翅膀的物體，腰部有著俏麗的皺褶垂墜設計。少女的模樣彷彿身穿舞台表演服裝、在聚光燈焦點接受觀眾歡呼的偶像。

但是只要湊近觀察，絕對沒人會為她的模樣歡呼。

會獻給她的，只有恐懼驚顫的哀號。

因為她的翅膀，是背部被撕開的皮膚；俏麗的皺褶垂墜設計，則是沿著肌肉組織割開，從大腿根部呈放射狀散開的大腿肌肉。

第二章　公主與王子

1

很久很久以前，有一對公主和王子住在某處。

公主和王子與一位女巫，一起住在魔法森林深處的神祕城堡裡。

女巫總是這樣對他們兩人說：

「你們兩個要乖乖聽話喔，不管發生什麼事，都不可以離開這座城堡。」

「為什麼呢？可以告訴我原因嗎？」

公主問。

「城堡外面住了很多邪惡巫師。一旦你們離開城堡，立刻會被壞蛋抓走，撕成碎片。」

多麼可怕的事啊。

因為太可怕了，公主嚇得哭了起來。

「所以說，你們一定要乖乖聽話。不管發生什麼事，都不可以離開這座城堡。只要你們能做到這點，就能一起在城堡裡幸福美滿地生活下去。」

女巫說完，溫柔地摸摸公主的頭。

公主抬頭看著女巫問：

「真的嗎？」

這時，王子也來摸摸公主的頭說：

「一定是真的。」

說完，王子燦爛地笑了。

公主覺得，王子的笑容肯定是這世上最美麗的事物。

只要能守護這張笑容，就算要公主一輩子都不去見識外面的世界也無妨。

如果能一輩子和王子一起幸福地生活，還有什麼比這更美好的事呢？

「一定是真的嗎？」

公主再次向王子確認。

王子也再次露出宛若寶石的美麗笑容說：

「如果能和公主一起幸福地生活，還有什麼比這更美好的事呢？」

發現王子和自己的想法一樣，公主無比歡欣。

整個世界閃閃發亮，一切都祝福著兩人。

只要能擁有彼此，再也別無所求。

今後，王子和公主將會在魔法森林深處的神祕城堡裡，永遠過著幸福美滿的生活。

2

「沒什麼意思呢。」

櫻霜學園社會科教師藤間幸三郎，僅瞥了一眼展開在他眼前、於扇島拍攝的顯像風景照片後，說出這句話。他手中有一枝在這年頭很少見的金屬製原子筆，筆尖散發銳利寒光，在他指頭上流暢地旋轉。藤間在和別人說話時有玩原子筆的習慣。他玩筆的技巧已達高超境界，原子筆在他手上宛如生物般躍動。對他靈活手指望得出神的瞳子聽到這句話才又回過神來。

「……這樣啊。」

這是第幾次了？

眼前這名男人未曾對瞳子的照片表示過興趣。瞳子喪氣地垂下頭，兩人的影子在被夕陽染紅的走廊上拉得長長的。

瞳子是在今年春天初識這名叫作藤間的男子。

他是今年剛在瞳子就讀的櫻霜學園任職的社會科教師。

在瞳子眼裡，這名男子打從一開始就有種說不出來的異樣感。

瞳子班上的女生在他剛赴任時，對他做了一個小小的惡作劇。

她們將衛生棉藏在講桌裡。

對新任男教師做這種惡作劇可說是種慣例，也是少女們對於在這所學園中身為一種異樣存在的男性的小小威嚇。

大部分男性教師（尤其是年輕的男教師）總會滿臉通紅，困窘得不知該如何是好，將少女們視為某種難以理解的生物而感到畏懼。

歷經此一儀式後，男性教師才總算會被視為這個女性園地之一員而獲得接受。

是故，少女們當然也期待藤間會有相同反應。然而，他卻悖離了她們的期待。

當藤間發現藏在講桌內的衛生棉時，只默默將之貼在黑板上，彷彿什麼事也沒發生地繼續授課。從他的臉上既見不到對少女們的憤怒，也不存在困惑或恐懼，只有了悟般的微笑。

就是那抹微笑令瞳子著迷了。

一方面，瞳子對於想透過無聊儀式來滿足小小自尊心的同班少女們被反將一軍感到痛快；另一方面，更吸引瞳子的是藤間的容貌。

瞳子自幼常做一個夢。

在森林深處，有一名少年佇立在奇妙的房間裡。

在蒼鬱森林裡，只有那個房間裝飾得金碧輝煌，閃耀著無比光輝。

房間中央有個無主的王座，少年就佇立在王座旁。

在這個不管任何東西都是如此閃耀的地方，少年露出更勝一切的燦爛笑容對瞳子說：

「這次換妳來當我的公主嗎？」

藤間的微笑令瞳子想起夢中的少年。

在這之後，瞳子開始著迷於跟蹤藤間。

聽說他擔任攝影社的顧問，瞳子立刻去參加攝影社；明明未曾看過觀景窗，卻纏著父親為她買了高價的單眼相機。

瞳子每天把所見的一切都收入相機裡，以此為藉口向藤間攀談。

光論按快門的次數，瞳子無疑是攝影社之最。不，瞳子甚至覺得自己說不定是全日本按最多次快門的人。

但是，不論她拍了什麼照片，都無法觸動藤間的心弦。

不管讓他看什麼照片，藤間從未改變過那張微笑的容顏，僅一臉平靜地耍弄著原子筆，拋下一句：「沒什麼意思呢。」

如今，瞳子所見過的一切事物早已化為照片，毫無保留地公開在藤間面前。也許對藤間而言，瞳子的世界只是連轉原子筆都不如的無聊事物吧。

瞳子心想，這的確是無法否定的事實。

封閉的住宿制女校，只為了對少女們灌輸正確而美麗的知識的教育機關——瞳子打從她懂事起，就在這種環境中受人呵護長大。她明白自己的世界有多麼狹隘。

也因此，她才會對藤間如此緊追不捨吧。

無視少女們的牽制，將瞳子的世界評為「沒什麼意思」而一腳踢開的藤間，就像從未知世界翩然而至的王子。願意帶瞳子離開這個封閉的世界，前往前所未見之處的王子。而且，這位王子也一定期望著瞳子能成為他的公主……

瞳子把藤間的身影和自幼見到的少年幻影重疊，對他的憧憬逐漸變得複雜且強韌。結果，她的跟蹤行為不再侷限於校內，甚至拓展到校外。

藤間每個週末總會離開校園內的教師宿舍，不知前往何方。

瞳子發現這件事是在距今三個月前的九月上旬。

在那之後，她利用由學姊們建構起來、具有悠久傳統的聯外密道，不斷重複跟蹤藤間但又跟丟了的行為。雖然中途有幾次不慎遭教師發現，被帶到指導室訓斥一頓，但瞳子最後還是抵達藤間的目的地——巨大廢棄區域扇島。

但一踏入扇島，該地的廣大以及從未接觸過的世界觀不禁令瞳子一時之間感到茫然，結果那天最後也一樣跟丟了……

這次經驗大大拓展了瞳子的狹小世界。如果是扇島的照片，藤間或許會願意花點心思來關注吧。瞳子抱著這種期待，將扇島的模樣拍成一張張照片。

但是，瞳子的期待卻被藤間一如往常的話語擊個粉碎。

「請問我的照片哪裡不好？我覺得比之前給您看的照片更有趣，在被攝體也下了點工夫……」瞳子低著頭問。

與其說在被攝體下工夫，不如說那些照片無疑是藤間失去蹤跡的扇島風景。是一名小小的女高中生經歷種種困難入侵巨大社會黑暗面的痕跡，更是她想拚命親近藤間這名人物的證據。

瞳子原本以為，這次一定能見到潛藏在他微笑背後的事物。

徒勞之感襲擊而來。

在廢棄區域淋成落湯雞，受到奇妙的刑警二人組輔導，還被其中一人推倒在桌上——明明全班同學們加起來都不可能經歷的事情，瞳子一個晚上全部體驗過了。難道自己世界的廣度，真的遠遠不及藤間嗎？

瞳子頓時覺得自己孤單無依，只能愣愣望著從兩人腳下延伸出去的長長黑影。

兩人的影子雖無窮盡地延伸，卻是永遠的平行線。

考慮到兩人所站的位置和光的性質，這可說是理所當然，但瞳子心情上卻無法接受這種自然現象，不禁輕輕地咬牙。

藤間當然察覺不到她這種心情吧。

「問我哪裡不好……我也說不上來。妳問我感想，我就老實告訴妳，如此罷了。」

藤間照例露出微笑，溫柔地回答。語氣雖溫柔，卻蘊含絕不讓人踏進自己世界的冷漠。就如同兩人現在的影子。

瞳子凝視著藤間。

不管是他深遠的眼神、和緩彎曲的嘴角，或者睫毛與頭髮，都被夕陽鍍上金色的邊框。細膩的皮膚上罩著一層柔軟汗毛，在夕陽的照耀下使得整張臉閃耀著金黃色光芒。

果然很像呀……

不知從何處湧現的強烈懷念感，如浪潮般拍打而來。在彷彿整顆心要被浪潮捲走的感覺襲擊下，瞳子渾身打起哆嗦。

「怎麼？沒事的話我要走了。」

藤間說完，不等瞳子回應，逕自轉身離去。

瞳子凝望藤間清瘦的身形與肩膀略顯下垂的背影，心想下次絕對要找出他所去之處。

然後，拍出足以撼動這個男人的世界的照片。

3

據說人的一生會在其死狀表現出來。

有的人哀嘆自己的境遇，嫉妒他人，沉淪於後悔，在悲嘆中了結一生；有的人則是對身邊人留下笑容與感謝，在惋惜聲中辭世。

那個人所走過的人生之總和，將會在臨終之際顯現出來。

狡噛心想，倘若如此——

這兩人的一生又是什麼？

公安局刑事課大會議室裡，有一群穿黑西裝的人們一排排並肩而坐。

刑事課第一至第三分隊全體總動員，待會兒要針對轉為廣域重要指定事件的眾議員殺害案和少女殺害案召開搜查會議。

刑事課全體共二十人，規模雖小，齊聚一堂時還是頗為壯觀。

面對這件上任以來首次碰見的大事，狡噛難掩興奮，不停左顧右盼。

這時他才發現一件事——沒見到佐佐山的身影。

明明耳提面命地提醒過他，今天這個時間要召開搜查會議。

昨晚的爭吵閃過腦際。依佐佐山的個性來看，多半是在公安局執行官隔離區的自己房間裡躺在床上生悶氣吧。

戴在左手上的行動裝置顯示會議時間已開始，但遲到總比不到好。狡噛咬著牙站起身來，決定立刻去把佐佐山拖來參加會議，卻有人揪住他的西裝下襬

是同屬第一分隊的征陸智己執行官。

斑白的頭髮和深深刻劃在臉上的皺紋顯示他已跨越中年，正邁向初老；但同時，抓住下襬的厚實手掌與寬大的肩膀，也顯示他的肉體仍保持充沛精力。

「佐佐山他……有點不舒服。」

征陸意味深長地眨眨眼，接著說：

「比起佐佐山，身為監視官的你打從一開始就沒出席會議更糟糕吧？尤其是那傢伙最近脾氣火爆得很……」

征陸努了努下巴，指向第二分隊的監視官霜村正和。

霜村盤著雙手，深深靠在椅背上，右膝蓋抖個不停。果然如同征陸所言，一臉煩躁。

「雖然他在案件變成廣域重要指定事件後被任命為搜查本部長，但他自己的分隊卻也因此無法獨占功勞，無怪乎他對此很不滿。只不過，縱使他有這種反應是人之常情，在這敏感時期最好別惹他不高興，否則他為了洩憤，不知會向上頭怎麼報告。」

的確，自己隊上負責的案件突然轉為廣域重要指定事件，而且還出現第二名犧牲者，霜村

的內心想必難以維持平穩。

為了自己的評價，實難說是品德高潔的霜村，難保不會搞小動作。

「佐佐山沒來還可以推給執行官的荒唐，總之你先坐下再說。」

狡噛邊為征陸老狐狸式的說法感到困惑，邊凝視著這名資深刑警。

在希貝兒建立的犯罪防範系統成立前，征陸就已是在警視廳任職的刑警，可以說是狡噛的大前輩。

在主宰者並不存在的時代，刑警們必須比現在更深入涉入犯罪搜查。也因此，當犯罪指數的概念實用化之後，許多刑警因為數值惡化被迫離職了。

但是征陸無法捨棄刑警一職，最後只能自甘沉淪為執行官。

狡噛對於這樣的征陸抱持全盤信賴，並親熱地稱呼他為「大叔」。

他為征陸筆直回望的深思熟慮雙眸所說服，乖乖坐回座位。

會議室內的照明逐漸減低亮度，同時，在半空中鮮明地浮現兩具屍體。

一個是全身長滿贅肉的中年男性，另一個則是肉體剛開始有成熟女人風采的青澀少女。

這是輔助刑警們的鑑識多隆掃描下來的殺人現場立體顯像。

刑警們一起抬頭望著這兩段人生的總和。

從所有角度進行三次元分析、毫無偏差地重現的現場，雖然只是電子數據的輸出顯像，卻氣勢十足地呈現在刑警們面前。

不同於活人的皮膚顏色、鬆弛的肌肉、擴張的毛孔、白濁的眼球……雖然這兩具屍體擁有大半屍體的特徵，卻又明顯迥異於「一般屍體」。

中年男性彷彿在向誰道歉般五體投地，頭蓋骨被切開，暴露出失去應有之物的空洞。少女的頭部毫髮無傷，背部皮膚卻被剝下，使得肌肉組織顯露在外；臀部到大腿間的肌肉則被仔細切割成一串串長條，彷彿迷你百褶裙般呈放射狀。

面對這兩具屍體，有人震懾屏息，有人驚訝顫抖。

所有人都在試圖解釋這兩人的死狀有何含意，卻又因其過度異常而陷入混亂，任憑思緒在混沌中空轉、無處著地，視線也在虛空中漫遊，定不下來。

「這實在是……」

征陸搔搔斑白頭髮，忍不住嘟囔一句。刑警們幾十道視線彷彿想抓住救命稻草般緊盯著他，期待這名資深警官能提出他老練的解釋。

但在嘟囔之後卻無以為繼，沉默中嘆出的氣息空虛地落在刑警們腳下。

即使是曾看過眾多屍體的他，面對這兩具屍體也難掩動搖。

狡噛的視線從熟齡刑警複雜扭曲的表情上移開，再度抬頭觀察這兩段被總結的人生。

就算這兩人在生前做盡壞事，真的非得死得如此悽慘不可？

為了一掃會議室內的凝重氣氛，刑事課第二分隊的監視官霜村正和刻意大聲咳了幾下，站在空蕩蕩的頭蓋骨正下方開始說明。

「這是眾議員橋田良二的屍體，在本月五日週二，於赤坂的日本料理餐廳『彌榮』前院被人發現。」

霜村踏響擦得烏黑發亮的皮鞋，緩緩從橋田良二下方走過。

「這個案件原本由我們第二分隊負責偵辦……」

霜村停下腳步，神經質地用雙手撫摸以髮蠟固定的油頭兩側。他的表情雖被雙手遮住，但從其聲音與動作可見焦躁之情。

「昨天，本案被指定為廣域重要指定事件，因此今後將在此設置搜查本部，跨越各分隊的藩籬，密切共享情報，全心全力偵辦案件。各位若有什麼疑問，敬請提出來。」

說完，霜村忿忿地用手帕擦掉沾在雙手的髮蠟，轉頭面對刑警們。

從被他揉成一團的手帕，可看出他在心情上對於事件被指定為廣域事件難以接受。

監視官的任期為十年。

只有在這十年間能心靈指數不惡化地完成職務的監視官，才能登上邁向中央政府機關管理職的出人頭地階梯。

今年任期屆滿的霜村，本來想在踏上階梯前拿橋田良二殺害案的破案消息當作伴手禮。但是現在事件轉為廣域重要指定事件，就算解決了，恐怕也不會被當成他的功勞。

對霜村而言，目前的狀態就像褒賞懸掛在眼前，卻只能坐視它被拋給背後的眾刑警們分享。心情不好的他，額頭上冒出一條條青筋。

「請問……」

臉蛋仍留有稚氣的第三分隊女性執行官怯怯地舉手發問。

「有什麼問題嗎？」

「這位女性死者是……」

「今早在千代區外神田被發現的第二名受害人。由犯罪手法看來，應是同一犯人所為。」

「為什麼能確定是同一犯人呢……？」

「妳沒看資料嗎？」

「因為～人家今天原本沒值班嘛……」

她徹底欠缺職業意識的回答，引來數名執行官竊笑。

狡噛冷眼旁觀這段對話，心想不管哪個分隊，都對執行官的管理感到棘手嘛，因而莫名有種安心感。

只不過對霜村而言，執行官們放蕩不羈的行為可就沒那麼令人舒服了。他彷彿想將冒出的青筋壓回顱骨般，使勁以拳頭按壓額頭。

構成刑事課的分子有三分之二是執行官——換言之，大半為潛在犯。

就算轉為廣域重要指定事件、增加搜查人手，這樣能為解決事件帶來多大效益尚未可知，說不定還會招來無謂的混亂。如此一來，自己出人頭地的康莊大道恐會生變吧？霜村的明晰腦袋瞬間就編寫出最壞打算的劇本。

思考著自己描繪的壞結局，霜村一面感到輕微頭暈，一面瞪著不莊重的執行官們。

「唐之杜分析官，請說明吧。」

為了鼓舞自己，霜村再次用力撫摸用髮蠟堅硬定型的後梳油頭，做出指示。

「好的～」

分析官唐之杜有氣無力地回答後，站起身來。

唐之杜身穿深紅色的兩件式洋裝，外頭隨意罩著白衣。

她前襟開敞，一對酥胸彷彿隨時會掉出來，帶著和緩弧度的金髮在兩球隆起上輕盈彈跳。鮮紅的口紅更強調出姣好的嘴唇形狀。湛滿甜美暗影的雙瞳挑逗著所有注視她的人的慾望。

縱使「情報分析女神」是她的自稱，但恐怕目前刑事課裡沒有人會表示反對吧。

「雖然這兩起事件展示屍體的方式極富有魅力……」

魅力——對於這種很沒常識的發言，霜村輕咳幾聲做為告誡。

「哎呀，真抱歉。但是連我醫科的那群笨蛋同學，也沒有人會對屍體做出這麼惡作劇的事呢，難免興奮了點。」

唐之杜嫣然微笑，伸出舌頭舔一下鮮紅嘴唇。她抬頭看屍體的表情，顯示她所謂「興奮了點」並非玩笑。

她也是一名潛在犯。

霜村又再度冒出青筋。

「別說多餘的話，繼續說明。」

「是是。就分析官的角度看來，這起事件有兩個重大特徵：第一個就如各位所見，屍體的展示方法。這種把屍體視作工藝品來處理並裝飾起來的手法，彷彿一個世紀前就已絕跡的劇場型犯罪，相當古典。」

唐之杜邊說邊吐露火熱氣息，把食指貼在唇上接著說：

「但是……」

和口紅同顏色的指甲，宛如訂製的飾品般閃閃發亮。

「或許各位會覺得光憑這樣就認為是同一犯人所為很不可靠，但重要的其實是能完成這種加工的生物塑化藥劑。」

唐之杜在刑警們面前秀出幾幅資料圖片，像是浸泡在粉紅色藥水中、蒼白而失去血色的遺體，或者全身裹著薄紗布、躺在彷彿橫放的營業用冰箱的箱子裡的屍體。

「各位應該明白什麼是生物塑化技術吧？讓樹脂滲入屍體中……換句話說，就是一種使屍體不會腐爛，以做為標本的技術……」

刑警們一面聽著唐之杜解說，一面將視線移向圖片。

「一般而言，塑化技術要先把人體浸泡在福馬林溶液裡數日，再花費數日讓脂肪和水分排出，使丙酮滲透入內。經過這些超級麻煩的事前處理後，再讓液化合成樹脂滲進屍體裡，使之固化。就算由專家非常努力地去處理，從開始製作到完成，少說也要花上一個月。原本照理來說是如此……霜村監視官，橋田議員是什麼時候失去聯絡的？」

「十一月一日週五晚上十點。最後一次被人目擊是在赤坂附近的廢棄區域，之後再也沒有任何消息。」

「換句話說，他被殺害是在十一月一日晚上十點以後對吧？那麼，他又是在何時被發現變成這副德性？」

「十一月五日，週二早上八點。」

「不覺得很厲害嗎？」

宛如在誇耀自己的功勞般，唐之杜掌心朝上地攤開雙手，略顯興奮地強調：

「這段期間只有短短的八十二個小時耶！」

平時總慵懶地半瞇著的雙眸，現在睜得又圓又大。

「平常的話，必須花上一個月……也就是七百二十個小時的生物塑化加工，現在竟然只需要八十二個小時。不，考慮到殺死被害者、切割顱骨、剝下皮膚的時間，甚至在更短的時間內便讓被害者變成塑膠了！用於這種生物塑化加工的藥水，恐怕不是既有的生物塑化藥劑，根本是全新的魔法藥水吧。」

唐之杜一口氣說完，反覆深呼吸讓自己的興奮平復下來。聽到「魔法」這個不像情報分析女神會使用的詞彙，刑警們無不驚詫騷然，面面相覷。

「藥劑成分尚在分析中，多半是在接觸到身體組織的瞬間就會起化學反應，使之變成合成樹脂的藥劑吧……很遺憾地，我對於這種藥劑是怎麼製作出來的完全沒有頭緒……總而言之，這個事件使用了這種特殊藥劑。」

將遺體以工藝手法加工、裝飾，使之暴露在公眾面前的犯罪手法；以及採用了人類史上無人能製作出來（或沒人想到能用這種方法製作），能讓人體瞬間樹脂化的特殊藥物，將這兩個特殊之處結合起來，便導出「同一犯人」這個結論。

霜村對唐之杜的說明露出大致滿意的表情，開始說明事件梗概。

橋田多次要求政府對廢棄區域的居民做出該有的人道處置，並積極推動廢棄區域拆除運動。做為拆除運動的一環，他經常單獨前往都內各廢棄區域視察。只要有要求，他也會提供物資給當地居民。只不過，雖然他身為人權派議員獲得一定程度的評價，但也有許多人懷疑他在背後收取某些權利者的賄賂，認為他之所以頻繁出入廢棄區域，其實是收受賄賂的障眼法。只不過現場周邊的心靈指數掃描器，並沒有發現犯罪指數異常者的蹤跡。

配合霜村流暢的說明，刑警們紛紛從行動裝置中叫出資料顯現在眼前。

不管是橋田的簡歷、遺體發現地的日本料理餐廳「彌榮」的周邊地圖，還是他最後被目擊的廢棄區域內的居酒屋，這些片斷的情報都不足以導向橋田慘烈的死法。情報太少了。

這並不奇怪。橋田最後前往的廢棄區域，並沒有充分設置監視器及街頭心靈指數掃描器，完全沒有留下能追蹤他足跡的情報。

「誰叫他要去廢棄區域……」

有人忿忿不平地嘟囔。

俗話說「敬鬼神而遠之」。只要別靠近被希貝兒視為不存在的廢棄區域，就什麼危險也沒有。可是橋田卻主動接近，才會觸犯了對方。

一名剃平頭、面容凶惡的監視官似乎覺得難以接受，開口問道：

「日本料理餐廳的防犯系統呢？」

「很遺憾，防犯系統遭到破解，在推定的犯行時間停止了。」

嘆氣聲此起彼落。

霜村率領的第二分隊之搜查會陷入瓶頸並不意外，甚至有人露出同情的表情。

當霜村低頭望向第二名被害人的資料時，會議室中瀰漫起無計可施的頹喪氣氛。

狡嚙環顧身旁，對於刑警們失去幹勁的表情感到奇怪。

的確，刑警們向來仰賴希貝兒先知系統進行犯罪搜查。面對希貝兒庇護外的犯罪，對應方法可說不多。但就算如此，倘若因此失去對搜查的熱情，人類刑警又有何存在意義？

希貝兒先知系統再怎麼強大，也一定有疏失之處，所以才有人類刑警存在的必要性。現在正是刑警的真正價值受到試煉的時刻。

狡噛再次抬頭觀察朦朧透出背景、浮在虛空中的兩具半透明屍體，思考關於犯人的事。

不管怎麼看都很異常。

遭到無情切割、改造而成的「形狀」，異常性自然不在話下，但更令狡噛感到奇妙的是，他們變成「固定的姿態」這一點。

不只限於人類，大致而言，所謂的生命在結束生命活動的瞬間，便會隨著時間經過改變其組成分子。

循環的血液停止，順從重力的命令沉滯。嘴唇乾裂，眼球內的水分也逐漸乾涸，萎縮變小。體內的細菌失去制衡，開始吞噬內臟。創造身體形狀的細胞一個接一個緩慢崩解，肌肉亦隨之分崩離析。

和年老一樣，死後的身體變化是無可避免的自然現象。

然而他們卻不同，他們已不再變形。

被迫半永久地維持這個形狀的他們，被排除在自然的道理之外。

犯人把他們一腳踢出自然界了。

狡噛腦中閃現唐之杜所說的「魔法」這個詞，但又搖了搖頭。
這不是魔法。
促使犯人做出這種事的不是魔法的力量，而是惡意。
潛藏在這樁犯罪背後的並非巫師，是滿懷惡意的人類。
既然如此，絕不是身為人類的他所難以企及的對象。
狡噛感覺到自己內心有某種滾燙的情感湧上來。

霜村從投向自己的憐憫中，察覺到一道特別銳利火熱的視線，而將眼睛望向該處。
狡噛正望著他。
被他銳利的眼光射中，霜村感到自己幽微陰私的部分正隱隱作痛。
在過去，「以公安局有史以來最優秀成績進入刑事課的菁英分子」可說是為了霜村而存在的名號。但自從狡噛登場以來，霜村的威風不再，現在恐怕已沒有人記得他曾被如此稱讚。
假如狡噛真能對本案的偵辦做出重大貢獻，霜村的評價肯定會落得更低。他愈想愈覺得狡噛的銳利視線就像瞄準自己咽喉的箭頭，內心難以平靜。
「有事嗎？狡噛監視官。」

與敵對峙時，必定先聲奪人，這是霜村的勝負哲學。

「呃，我只是在想您是否會針對第二名被害人進行說明。」

面對突然的質問也不慌亂，狡噛氣定神閒的回應，更令霜村不愉快了。

而且，他的說法像在暗批霜村的怠惰。

霜村盡量不被人發現心中的動搖，邊用拇指按壓額上青筋，邊將視線從狡噛身上移開。

先攻必勝，這是霜村常勝的祕訣。

是否……是否……是否有什麼好材料來牽制狡噛的行動？霜村將全副精神灌注在資料上，這時，某段文字突然闖進他的眼裡。

想到妙招了。

拋給他一個難題吧。只要他的心思集中在枝葉上，自然抵達不了主幹。

瞬間，霜村心中的騷然不安消失得無影無蹤，甚至讓他笑逐顏開。

「關於第二名被害人，狡噛監視官，我恰好有件事想請你們第一分隊調查。」

霜村以與剛才判若兩人的平穩語氣說。

「第二名被害人今天早晨被發現吊在仍在架設的偶像演唱會舞台上。雖然我們朝各方面調查，但未能得知被害人的身分。」

霜村這番話使得會議室陷入一片譁然。

「身分不明……這種事在這個時代有可能發生嗎？」

霜村愉快地欣賞狡噛困惑的表情，繼續侃侃解說：

「當然有，雖然是極為特殊的例子。」

這個年代的日本人在領取出生證明的同時，有義務向希貝兒先知系統登記DNA和心靈指數。換句話說，正常說來，在遺體被發現的瞬間，從現居地址到家庭成員、學歷、職業經歷、病歷等，關於死者的任何資料都能輕易查出來。

但若是無法查詢，就表示少女擁有極為特殊的經歷。

「無戶籍者嗎……」

狡噛的言語讓他身邊的刑警倒抽一口氣。

「沒錯。她恐怕是因為某種理由，沒在希貝兒先知系統中登記的無戶籍者。」

這個時代，沒在希貝兒先知系統中登記戶籍者，就無法在充滿監視器或街頭掃描器的一般社會過活。換句話說，無戶籍者意味著在廢棄區域出生、在廢棄區域長大。

在廢棄區域消失的男人，與在廢棄區域長大的少女。解決事件的線索尚未被人拾起，就已分崩離析，消散到不知何方。

瀰漫在會議室裡的倦怠感變得更濃厚。

只有征陸愉快地發出歡聲說：

「在有受賂嫌疑的議員肛門中塞進海馬體，讓被社會視為不存在的無戶籍少女登上偶像的演唱會舞台……這個犯人還挺有幽默感的嘛。」

霜村瞪了一眼發出不合宜歡聲的征陸，繼續對狡嚙展開追擊：

「因此，狡嚙監視官，請你們第一分隊將她的身分查個水落石出吧。」

4

「被塞了麻煩的工作。」

在會議結束後的喧鬧中，監視官宜野座伸元對狡嚙說。

坐在狡嚙身邊的他，推了推無框方形眼鏡接著說：

「調查無戶籍者的身分嗎……簡直像無聊的文字遊戲。就是沒有身分可查才叫『無戶籍者』吧？」

宜野座嘆了一口氣，瀏海隨之搖晃。

宜野座是和狡嚙同期的監視官，在經歷幾次刑事課的組織調整後，和狡嚙一起分派到第一分隊擔任管理職，直到現在。

「究竟有什麼用意……」

眼鏡背後的雙眼顯露出不安。

「總之，只能親自去打聽了。所幸被害少女的臉部沒有受傷，用她的照片當線索收集目擊情報的話……」

「打聽嗎……」

宜野座不愉快地抱著頭。

「簡直像舊體制下的刑警。」

說完，他一臉無趣地托著腮幫子。

宜野座很優秀，卻有點一板一眼，討厭跳脫希貝兒先知系統的行動。但無戶籍者本來就存在於系統之外，對他而言，找出這些人的身分是他最不熟悉的工作。

「放心吧，我們有大叔幫忙。」

聽到狡嚙的話，宜野座的臉更臭了。

比起系統給予的神諭，征陸更相信刑警的直覺，因此身為系統信奉者的宜野座和他就是處不來。

「我彷彿能看見那傢伙喜形於色地到處打聽的模樣。」

宜野座推起眼鏡，揉了揉內眼角。這年頭幾乎沒有人戴眼鏡，宜野座卻堅持這種造型。或許這也是他奉行的「系統」之一吧。

將眼鏡戴回原位後，他接著說：

「沒辦法……雖然我們人手沒多到能實行人海戰術，但總之，暫時只能在廢棄區域展開地毯式搜索……」

「廢棄區域……果然還是先從扇島開始吧？」

「嗯，除此之外也別無選擇。雖然都內有好幾個廢棄區域，但只有那裡的規模大到能讓一個人從出生到成長至一定年紀都沒受過希貝兒管轄。」

狡噛腦中浮現昨晚前去搜查的扇島情景。

想到要在那般廣大深邃的廢棄區域進行地毯式搜索，也難怪宜野座會抱頭苦惱。

「狡噛，征陸和佐佐山就交給你指揮吧，六合塚和內藤由我率領。」

宜野座奸詐地挑出自己駕馭不來的執行官推給狡噛。

雖然狡噛早就料到他會這麼做，卻沒想到他會做得如此露骨，忍不住露出苦笑。

「你笑什麼？」

「沒事。」

宜野座狐疑地推起眼鏡，瞪了一眼掩嘴偷笑的狡噛，繼續闡述自己的論點：

「到頭來，霜村監視官要我們去調查被害人的身分，不過是想讓我們遠離事件搜查核心，這只是隔離我們的藉口。算了，我們就乖乖去搜查，盡可能別扯第二分隊的後腿吧。」

宜野座宛如自我催眠般喃喃自語，並朝狡噛投以徵求同意的視線。狡噛故意忽視他的視線，眼睛直盯著資料瞧。

化為一具無機物並被吊起的少女，露出不可思議的安詳微笑。

「宜野，我不認為狀況如你所想的那麼悲觀。既然犯人刻意把目標對準無戶籍者，代表我們也很有機會能從這裡發現重要線索。」

「……你似乎很樂在其中。」

宜野座突如其來的指摘，讓狡噛腦中瞬間一片空白。自己樂在其中？真的嗎？

「別被執行官們感染了。不是我愛說你，你平時和他們的距離太近了。要分享情報是無妨，但別踏入禁區。別忘記你身為監視官的本分，讓自己淪為一頭獵犬。」

的確，難得碰上如此棘手的事件，似乎點燃狡噛心中某種熱情。若要形容，或許很接近獵犬被釋放到獵場前的亢奮。

「勸你別莽撞行事。我雖不同意霜村監視官的作為，但他已是個準中央官員，我們沒必要無端惹他不高興。」

宜野座再三叮嚀後才離開會議室。

狡噛望著宜野座清瘦挺直的背影，反覆思量他「別淪為一頭獵犬」的忠告。

5

公安局大樓內，執行官隔離區，執行官宿舍一〇三號房。

隨意擺置在水泥地板上的沙發。

佐佐山仰躺在沙發上，默默凝視旋轉個不停的吊扇。

他躺在這裡多久了？

在這個沒有窗戶的房間，時間變化很不明確。

沙發旁的矮桌上有座檯燈，微弱的光暈難以擔綱照亮整個房間的重責大任。
黑暗從房間四角蔓延而出，顯露其存在感。
佐佐山無意義地以視線追逐被檯燈反光微微照出來的吊扇上的一片扇葉。
一圈……兩圈……三圈……很快他就懶得數了，又開始散漫地望著。
多麼奇怪的裝置啊。從天花板懸垂而下的扇葉旋轉著，位於正下方的自己卻連微風也感覺不到。只注重實用性的執行官宿舍不可能為了裝飾而設，結果，那座吊扇成了只是吊在那裡旋轉的無用裝置。
佐佐山自嘲，也許它的旋轉是為了嘲笑像他這樣偷懶不工作、悶悶不樂地躺著的傢伙吧？
矮桌上放了幾張照片。不是電子資料，而是這個時代很少見、印刷在相紙上的真正照片。
佐佐山維持躺在沙發上的姿勢，伸手拿起一張照片。
他用手指拈起照片，拿到鼻頭前方定睛凝視。
照片中有一名少女微笑著。
手指無力地鬆開，少女的照片飄落，但佐佐山只以視線追尋，不想拾起。
照片在空中飄盪，最後落在地上，滑進了佐佐山看不見之處。
佐佐山將視線再度挪回旋轉的扇葉，心想不快點處理掉這些照片不行。

彷彿被人催促，他勉強驅策沉重的身體爬起，這時，腦中一陣劇痛。

喝太多了。

幾個空酒瓶落在他腳邊。

昨晚結束任務回到自己房間後，為了完成這項自我賦予的作業，他一直待在這堆照片前面。然而作業沒什麼進展，只有酒精進了胃袋。

說「作業」或許誇張了點，簡單說，只是把這些照片拋進垃圾輸送管而已。但不知為何，他就是辦不到。

佐佐山把手伸向香菸，但菸盒早已空了，堆在菸灰缸裡的菸屁股也全都乾淨地吸得只剩下末端。

感覺自己走投無路了。

正當他打算再次讓身體倒向沙發的時候，門鈴響起。

佐佐山一面咂嘴，一面把照片收成一疊塞進沙發縫隙之中。狡噛現身了。

「佐佐山，你在房間裡吧？」

站在房間入口的狡噛，表情雖因走廊的逆光難以看清，但可想而知他在生氣。

「為什麼不來參加搜查會議？」

「大叔沒跟你說嗎？我覺得不太舒服。」
「覺得不太舒服的人會不去床上休息，反而躺在沙發上喝悶酒嗎？」
「因為酒能治百病啊，拿去。」
說完，佐佐山將裝著少許琥珀色液體的小瓶子拋給狡嚙。狡嚙單手接過瓶子，直接放在廚房的流理台。
酒的誘惑對狡嚙沒用。發現自己有欠思慮的作戰計畫失敗，佐佐山露出苦笑嘆了一口氣。
「你不可能不知道情報共享對搜查有多麼重要吧？」
狡嚙冠冕堂皇地責備不事先告知就缺席會議的佐佐山，但也因他冠冕堂皇，反而點燃了佐佐山的反抗心。
佐佐山故意擺出倦懶的態度對狡嚙說：
「被害人是無戶籍者，我們第一分隊被派去廢棄區域查明死者身分，我沒說錯吧？」
佐佐山的話明顯讓狡嚙感到動搖。
「你怎麼會知道……」
「傳出發現第二名被害人的消息時，就有說她身分不明了不是嗎？這個時代裡，如果一開始查不出身分的話，多半是這麼回事吧。況且……」

佐佐山緩緩站起身，覺得頭痛欲裂，有酒精味的胃液湧了上來。

他走向流理台，直接扭開水龍頭喝水。站在一旁的狡噛默默看著他。

「霜村很在意自己的功勞被奪走，所以我猜他多半會把難以得出結果的查詢無戶籍者身分這顆燙手山芋丟給我們第一分隊。只要知道這些事，不去參與會議共享情報也無妨吧？」

這男人——

狡噛看著把臉埋進流理台，直接用水龍頭沖刷後腦杓的佐佐山，心想這男人對犯罪搜查的直覺和理解能力遠比自己還強。

自己和宜野座以及其他大多數監視官，只能一個個研判手頭上的情報，反覆推敲後才能得到結論。

相對地，佐佐山則是靠著直覺挑選出必要的情報，一瞬間就從這些零星碎片拼湊出藍圖。

這就是征陸所謂的「刑警的直覺」，也是宜野座所稱的「獵犬的嗅覺」吧。

不論是何者，總之是只有思想近乎於罪犯的潛在犯才能獲得的「和犯罪有關的才能」。

說不羨慕是騙人的，但在獲得這種才能的同時，也意味著自己將墮為潛在犯。若想保持精神健全，就得和潛在犯明確劃出界線。那就是宜野座所謂的「絕不可侵入的領域」，也是執行官的存在意義。

「你看我幹什麼？」

頭上仍有水珠的佐佐山問。

「呃，沒事……明天就要開始去打聽了，要開簡報會議。」

「簡報？有必要嗎？不是逢人就問即可？」

「說是這麼說。」

「怎麼？擔心我又不聽話嗎？」

說完，佐佐山甩動濕答答的頭髮，深深坐進沙發。

「我不是這個意思……」

狡噛跟在佐佐山身後來到房間中央，不知為何就是不想坐沙發，仍繼續站著。

「放心吧，我會聽你命令的。」

「講歸講，你明明從來沒有乖乖聽我的命令行事。」

「是嗎？」

哈哈乾笑兩聲後，佐佐山又一把抓起酒瓶，直接將琥珀色液體倒進嘴裡。看到他表情苦澀扭曲、擦拭嘴角的模樣，狡噛怎樣也無法相信那種液體好喝。

狡噛無法理解在這個壓力紓解藥劑普及的年代還故意喝酒的人。明明有更簡單、更快速、更安全能讓心靈恢復平靜的方法，為何特地要喝那種會引發頭痛與嘔吐感，有時甚至會讓人失去記憶的液體？

記得曾在書中讀過，當人們碰上想忘懷之事時便會喝酒。

也許佐佐山想忘懷什麼吧？事實上，眼前的佐佐山恐怕早已將昨晚違反職務規定的事與今天缺席會議的事拋在腦後。

醉意漸深的他，頭開始愈垂愈低，夢囈般地咕噥起來：

「放心啦……」

「放心什麼啊，你昨天也是——」

佐佐山打斷狡噛的發言，繼續說：

「放心啦，狡噛，如果我真的不聽話，你直接對我開槍吧。」

「就是為了不發生這種事才……」

「開槍吧，狡噛。」

俯視著佐佐山因低頭而暴露的後腦杓，狡噛感到困惑。

果然很奇怪，佐佐山自昨天起就屢屢做出不像他平常會做的事。佐佐山的個性雖隨便，卻不會自暴自棄。但現在的佐佐山像是捨棄一切挑戰，敗倒在擂台上的拳擊手。

狡噛不知道這種時候該說什麼才好。

困窘的視線在地板上徬徨。當然，那裡不可能找到安慰佐佐山的話語。

雖沒找到話語，狡噛倒是在沙發腳邊發現一張紙片狀的東西。

仔細一看，似乎是照片。

這麼說來，佐佐山昨天好像提過照片的事。狡噛想起這件事，疑惑地歪頭。因為他從沒聽說佐佐山擁有相機，也不曾看他拿起相機拍照。

疑惑讓狡噛忍不住撿起掉落的照片問：

「佐佐山，這張照片是……」

瞬間，佐佐山抬起頭，迅速伸手搶回照片。

他的表情變得激動，眼睛發出銳利寒光。

「拜託你出去吧。」

他邊說邊將手中的照片捏扁。語意上是請求，但語氣聽起來明顯是命令。

「快點。」

狡噛背後的自動門關上，清脆的上鎖聲響徹走廊。

走廊上的明亮燈光與佐佐山房內截然不同，刺痛狡噛的眼珠。

他靠在門板上，微閉眼睛深深嘆息。

搶走照片時的佐佐山表情烙印在眼底，久久不散。

宛如因飢餓而殺氣騰騰的野獸與獵物對峙的表情。

自己和佐佐山之間的鴻溝又加深了，這種感覺令狡噛發出更深沉的嘆息。

話又說回來，那張照片為何會讓佐佐山的情緒如此激動？

那只是一張單手按著被風吹起的秀髮、眉毛呈「八」字形、害羞地笑著的少女照片。

她略顯下垂的眼角和佐佐山有幾分相似。

第三章　邪惡巫師的詛咒

1

在魔法森林深處的神祕城堡裡，王子和公主健康地成長茁壯。

但原本和他們一起生活的女巫，在不知不覺間消失了。

公主很高興。

因為這樣一來，她就能獨占王子。

公主對王子說：

「王子，請聽我說。不管發生什麼事，都不可以離開這座城堡喔。」

「為什麼呢？可以告訴我原因嗎？」王子問。

「因為你只屬於我，是我最珍貴的寶物。既然是寶物，當然要好好收藏在箱子裡啊。」

之後，公主一步也不肯讓王子踏出城堡外。

但這也沒辦法。

因為公主最愛王子了。

有一天，王子望著小鳥說：

「好想看看小鳥飛去的地方有什麼喔。」

於是公主抓住小鳥，把牠的羽毛全都拔掉。

又有一天，王子盯著窗戶說：

「好想看看寬廣的天空喔。」

於是，公主把城堡裡的所有窗戶全都封起來。

但這也沒辦法。

因為公主最愛王子了。

公主以為他們能就此永遠過著幸福的日子。

但是，多麼可怕呀，公主被邪惡巫師詛咒了。

只要是愛上公主的人，都會立刻死去。

可憐的公主。

公主淚汪汪地對王子說：

「王子，請聽我說。不管發生什麼事，都絕對……絕對不可以愛上我喔。」

2

扇島的地形起伏劇烈。

這裡原本是一片平坦的海埔新生地，但經過居民無秩序地建蓋之後，現在不管要去哪裡都無法避開樓梯或梯子。不僅如此，通道裡還到處堆滿垃圾，令人寸步難行。

瀰漫於扇島的酸腐臭氣聞個三天就習慣了，唯獨難走的道路依舊無法適應。

不僅無法適應，雙腳累積的疲勞還一天比一天嚴重，移動也愈來愈痛苦。

或許該認真考慮換鞋子了……狡嚙看著磨平的鞋底，如此心想。

「今天就到這邊結束吧。」

征陸大大地伸個懶腰說，佐佐山也舉手附和：「贊成～」不知不覺間，值勤時間已經結束，太陽也早已下山。

的確，繼續留在扇島也難有進展。縱使如此——

「我們再多問幾個人吧。」

狡噛不想輕言撤離是有理由的。

因為他們到現在仍一無所獲。

奉命調查被害少女的身分已經過了兩個星期。明明幾乎每天來扇島報到，卻一次也沒碰過認識少女的人。

照這樣下去，恐怕真的會正中霜村下懷。著急的心情擋住狡噛的歸途。

「不，今天還是到此結束吧。」

征陸勸告。

「打聽本來就是這麼一回事。著急也沒有用。只要耐著性子按部就班地詢問，情報就會主動上門。」

征陸經年累月使用的皮鞋比狡噛的更破爛，鞋底早已磨掉一層皮。

三人回到公安局刑事課第一分隊的刑警辦公室，第一分隊所屬的內藤僚一已等候多時。

「真是的～你們三個怎麼這麼慢嘛～」

第一分隊成員中最矮小的內藤，搖晃著直順短髮跑向狡噛等人身邊，揪住佐佐山和征陸的大衣下襬。嘴上說「你們三個」，其實他真正等待的只有佐佐山和征陸。他用彷彿快睡著的瞇眼交互望向佐佐山和征陸。

看似快睡著了，其實並不想睡。他生來就是這般表情。

「我不是說今天值夜班，沒什麼時間嗎？」

「沒辦法，狡嚙堅持要多打聽幾個。」

聽到征陸的辯白，內藤鼓起腮幫子瞪向狡嚙。

「你們約好要做什麼嗎？」

「就是有啊～連第二分隊的神月都在等呢。」

狡嚙看了一眼走廊，用髮蠟將短髮隨興抓出造型的男子——第二分隊的神月凌吾執行官，正在窺視辦公室內部。他兩手食指與拇指比出「匸」字形，做出將某物翻倒的動作。

麻將。

執行官的娛樂極端受到限制，因此通常喜歡能在室內輕鬆進行的桌上遊戲。在眾多遊戲中，佐佐山、征陸、內藤、神月特別喜歡麻將。只要班表能搭上，四人會湊在一起摸個幾圈。

「啊，抱歉，我今天提不起勁。」

佐佐山甩開內藤的手，將脫下的大衣揉成一團拋在桌上，若無其事地說。

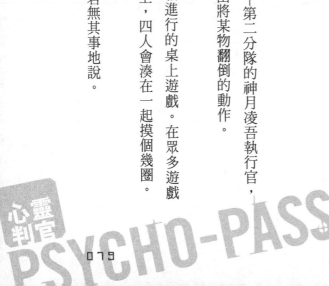

「咦！」

內藤發出抗議。

「為什麼？我們四個好不容易都有空耶！錯過今天的話，下次就不知道要何時才有機會。更何況，你之前輸給我的份都還沒給我。如果你今天不打，我就要討錢了喔。這樣真的好嗎？真的好嗎？」

平時說起話來慢條斯理的內藤一扯到麻將，立刻有如滔滔江水說個不停。雖然似乎聽到輸錢、索討之類的不妙詞語，但狡噛決定裝作沒聽到。

「唉～好啦好啦，我付就是了。總之我今天沒那個興致，不玩了。」

說完，佐佐山快步離開辦公室。

走廊上，神月也和剛才的內藤一樣纏住佐佐山。

「他是怎麼了嘛。」

內藤氣鼓鼓地問征陸，但征陸只應著「嗯～」或「呃～」打馬虎眼。

神月上半身探進辦公室問內藤：

「喂，現在怎麼辦？我原本今天打算打個通宵耶。」

「我也一樣啊。呃……」

為了補上打麻將的成員，內藤的視線四處游移，最後停在專心閱讀音樂雜誌的六合塚彌生執行官身上。

「呃……彌生，妳對麻將……」

「饒了我吧。」

內藤邀約的話語尚未說完，立刻被斷然拒絕。六合塚紮得緊緊的馬尾動也不動。

聽到執行官間的對話，狡噛有時會忘了他們是潛在犯。與一般人隔離、被當成社會危險分子的他們，和身為一般人的狡噛一樣享受著休閒時光。

狡噛自己今天也想早點回家，好好休息一番。

想到這裡，因搜查毫無進展而變得緊繃的心情多少輕鬆了點。狡噛將脫到一半的大衣披回身上，背對辦公室準備離去。這時，有人摟住他的手。

是內藤，他淚眼汪汪、一臉懇求地纏著狡噛。

「狡噛先生……我認為幫助執行官紓解壓力也是監視官的重要職責喔。」

「自摸。」

「咦？狡噛先生，你應該要喊『榮』吧？」

「啊？」

「而且那張牌是振聽耶，你早就捨棄過那張牌了。」

「呃，等等，捨棄過的牌就不能胡嗎？」

「不是不行，但必須是自摸來的……慢著，我剛剛沒跟你說明過這點嗎？」

「你沒說。」

內藤一臉受不了地仰天長嘯，誇張地將桌上整齊排列的白綠雙色麻將牌推倒。

在公安局執行官隔離區的休閒室裡，充塞著洗麻將牌的嘩啦嘩啦聲響。

在那之後，狡噛來不及表示拒絕，就被算進今晚的牌搭子裡。

麻將——這是一種四名玩家圍繞桌子，從一百三十六張牌中輪流抽牌湊出胡牌牌型，以獲得分數的桌上型遊戲。狡噛早就知道這種遊戲，但實際圍著桌子玩時，卻被複雜的心理戰和點數計算搞昏了頭。

「內藤，別這麼凶巴巴的。是我們自己要拉他這位初學者來玩。更何況你的說明也真的很差勁。」

「沒錯，你也不聽聽自己是怎麼說的：『總之順順地收集十四張牌就能胡了。』什麼跟什麼嘛！」

征陸和神月的幫腔反而令狡噛發窘。

「咦～有那麼糟嗎～？可是他是狡噛先生耶～是菁英監視官耶～難道不能舉一反三嗎？」

「別說笑了，對吧，狡噛先生。」

征陸、內藤、神月三人即使忙著拌嘴，手也一樣流暢地動著。狡噛的注意力被他們熟練的動作吸引，立刻又遭內藤指導。

「狡噛先生，你也快點堆牌吧。」

「嗯……」

在內藤的催促下，狡噛開始堆牌。

總覺得這是個很奇妙的遊戲，遊戲開始前的準備時間太長了。

要先排出十七張牌，上下堆疊兩層，堆出一條「牌山」，然後再從四邊的牌山中取出各玩家的手牌，牌局至此總算才能開始。

如果他們玩的是一般電玩遊戲，就不用這麼麻煩。

縱使執行官的娛樂受到嚴格限制，但非所有電玩遊戲都被禁止。狡噛原本無法理解沉迷在這種浪費時間的桌上遊戲有何意義。

但在實際和玩家面對面，直接見到牌、接觸牌的打牌過程中，狡噛短短幾分鐘內便了解到這種行為能帶來與線上遊戲截然不同的昂揚感。

或許是這種昂揚感的緣故，征陸和內藤似乎都比平時更多嘴。至於神月，由於彼此不同分隊，不確定他是否平常就如此饒舌，但恐怕也不例外吧。

就連狡噛自己，光是用手指搓著眼前的牌，也覺得舌尖多少變得輕靈了點。

內藤一面喀嘰喀嘰地整理手牌，一面開口：

「坦白講，目前搜索狀況如何呢？狡噛先生，你們有發現什麼線索嗎？」

「呃……說來慚愧……」

「我想也是～」

內藤一邊回應一邊捨棄一張手牌，接著說：

「我看實際上根本找不到吧，她可是直到青春期都躲在希貝兒的地盤外的無戶籍者呢，現在才調查身分也太遲了。」

彷彿按照麻將的進行順序般，這次輪到征陸開口：

「不，相反地，這也表示她扎根於扇島。只要繼續耐心調查，一定能找出相關情報。」

「說是這麼說，但現在又不像征陸先生那個時代能動員數萬人搜查啊～再怎麼有耐心，只靠我們六個不知道要花多少年。我看在我們查出身分前，第二分隊早就抓到犯人了！」

「不，這倒難說喔……」

接著換神月開口：

「雖然我們隊上的老大幹勁十足，但搜查也陷入瓶頸了。」

「真的嗎～」

「基本上我們還是先從藥劑來源查起，但不管是醫療方面或化學方面都找不到任何線索。現場周邊的街頭掃描器也沒發現可疑人物，可說是四處碰壁。說不定只能靠第一分隊了。」

說完，神月瞥了一眼狡嚙。正如玩家要按順序捨棄手牌，看來依序發言也是這個牌桌上的規矩。

狡嚙視線集中在眼前的牌上，仔細思考。

犯人不是巫師，既然如此……必定會留下痕跡。犯人惡意的痕跡。

「犯人的目的是什麼……」

狡嚙的話讓三名執行官互看一眼。

「大叔也說過，犯人似乎挺有幽默感的。將海馬體塞進身陷賄賂疑雲的議員肛門，讓無戶籍的少女登上偶像舞台……特地冒著危險做出這種事的理由是……」

不顧沉浸於思考的狡嚙，征陸和內藤接著說：

「可以肯定的是，不是為了私人恩怨。」

「沒錯。」

兩人充滿確信的發言令狡噛驚訝地睜大雙眼。

「為什麼這麼確定？」

「如果只為了復仇，何必幹出這麼麻煩的事呢～只要躲進廢棄區域暗處，等候時機捅個一刀，然後把屍體拋去餵狗不就得了？如果是我就會這麼做。」

發現狡黠微笑的內藤沉重的眼皮下散發出黯淡光芒，狡噛打了個冷顫。

「也許是自我表現慾……」

征陸喃喃地說。

「他多半有什麼事想表達出來吧。若非如此，用不著採取這麼引人注目的方法。」

征陸說完，內藤和神月跟著說：

「應該是先有想表達的事，接著才為此殺人……」

「說不定犯人有話想對這個社會一吐為快……像是反貪腐？反對拆除廢棄區域……諸如此類的想法？」

「後者說不通吧～他殘殺住在廢棄區域的少女耶～」

「想表達的趣旨似乎沒什麼連貫性。」

「但手法倒是很一致~」

「與其將之當成獨立事件，或許要將一系列犯案視為連續作品才能看出意義。」

「連續作品啊……犯人自命藝術家嗎~？」

「所以說，犯人是自命藝術家的政治犯囉？」

「再來，應該是個毛頭小子。」

「犯人很年輕嗎~？」

「隨著年齡增加，人會變得愈來愈無法為某種目的卯足全力拚鬥。唉，還年輕的你們多半不懂吧。」

「嗯~似乎真是如此呢~」

三名執行官以不輸打麻將手法的輕快節奏勾勒出犯人形象。

狡噛交互觀望三名執行官的臉，心想「原來如此」。

執行官平常就像這樣，跨越分隊隔閡，交換對案情的感想吧。

他們與受限於分隊職掌、擔憂心靈指數、只能依據會議中提出的資料進行客觀判斷的監視官不同。

他們主動以宛如有機體般互相連動的思考描繪出犯人的形象，與夥伴分享心得。執行官們就是以這種方式培養出對於搜查的優秀嗅覺吧。

憑著與罪犯相近的心理狀態描繪出搜查藍圖的方法，是只有心靈指數已混濁的執行官才被允許的行為。當然，這種行為對於在職務規定上被要求比一般人的心靈指數更為健全的監視官而言，是必須避免的。

執行官是監視官的盾，同時是矛。

適度地運用矛與盾，就是監視官應盡的職責。

既然如此——狡噛腦中浮現剛才離開刑事課辦公室的佐佐山背影。

恐怕自己連及格分數都沒有達到。

這兩個禮拜來，狡噛和佐佐山幾乎沒好好聊過幾句。剛才在眼前展開的討論，在他和佐佐山之間無法成立。

單純只是帶他去現場，命令他去打聽，最後報告成果而已。如同先前的宣言，佐佐山最近難得都乖乖聽命行事。但若只有這樣，等於是白白浪費了這對矛與盾。

兩人的關係從以前就這麼冷淡嗎？狡噛雖不這麼認為，卻又沒有自信否定。

可是，就算不是又怎樣？自己還能做什麼？

唯有職務聯繫著監視官和執行官的關係。

倘若想追求和執行官更進一步的關係，恐怕連自己的心靈指數都有危險。

哪怕只是像這樣陪執行官們休閒的行為，若被宜野座看到，他一定會皺起眉頭吧。

而狡噛今晚之所以願意陪他們，主要也是因為他希望從和執行官們的互動中，尋找與佐佐山共處的訣竅。

雖然結果只是讓他再次體認到，身為監視官的自己有多麼無力罷了。

「『中』光束。」

坐在狡噛對面的內藤突然大叫一聲，把牌拋出。

狡噛浸淫思考的這段期間裡，牌局不斷發展。

執行官們已不再討論犯人，而是將全副精神集中在湊齊手牌。能將殺人犯與麻將放在桌上同等討論，也可說是執行官的特異性吧。

內藤乍然喊出「『中』光束」這個不熟悉的名詞，令狡噛摸不著頭緒地愣愣望向他。內藤深感不滿地嘟起嘴巴。

神月拚命忍住笑意，雙肩微顫地說：

「狡噛先生，他對你使出了『中』光束喔，『中』光束。」

「啊？」

「如果對家捨棄紅中，自家要裝出被擊中的樣子，並喊『嗚哇～』才行。」

「啊啊？」

又是光束，又是被擊中，這個遊戲什麼時候存在狙擊要素？狡噛一頭霧水，再也忍不住笑意的神月拚命用手肘遮住表情繼續說明：

「簡單說……光束會從……『中』字筆畫中的一豎發出來……嗶地一聲……所以對家……會被光束打中……噗噗。」

最後，他終於忍俊不住地大笑起來。

「有這一條規則嗎？」

似乎被狡噛的認真詢問戳中笑穴，神月瘋狂跺腳大笑不止。征陸露出憐憫的表情，對著滿臉困惑的狡噛補充說明。

「算是一種無聊的玩笑吧，打麻將時的不成文慣例。」

真是莫名其妙。

「啊～果然狡噛先生不行啦～我去叫佐佐山大哥來～」

再也無法忍受的內藤站起身，消失在宿舍區。

明明是他們提出邀約，講這種話太傷人了吧？而且還是為了一個莫名其妙的玩笑。狡噛除了感到不愉快，還有一種難以言喻的挫敗感。這種微妙的挫敗感令狡噛焦躁難耐。

「既然你們的人到齊了，我先告辭……」

「狡，你先等等。」

征陸出聲喚住立刻就想起身離去的狡噛。

狡噛故意擺出一張臭臉回答：

「大叔，還有什麼事嗎？」

「你再多留一會兒吧。」

「為什麼？」

「你最近很少跟光留溝通吧？」

這名熟年刑警平常總是直呼佐佐山的名字。

這也是征陸對他信賴有加的最佳證明。

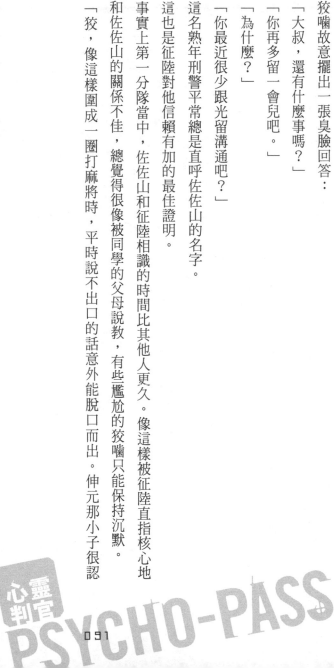

事實上第一分隊當中，佐佐山和征陸相識的時間比其他人更久。像這樣被征陸直指核心地點出和佐佐山的關係不佳，總覺得很像被同學的父母說教，有些尷尬的狡噛只能保持沉默。

「狡，像這樣圍成一圈打麻將時，平時說不出口的話意外能脫口而出。伸元那小子很認真，但你也不遑多讓。值勤中畢竟沒辦法討論些深入的話題，我看你就留在這裡，和佐佐山多溝通點吧。」

征陸苦口婆心的體貼讓狡嚙更不好意思了。

只不過，狡嚙也認同「圍成一圈打麻將時，平時說不出口的話意外能脫口而出」這句話。這或許能成為扭轉自己和佐佐山關係的契機。

狡嚙心情多少變得坦率了些，決定坐回座位。

同時，從通往居住區的走廊深處傳來熟悉的佐佐山抱怨聲。他不太高興地嚷著「幹嘛啦」或「我很睏耶」，但就算如此，只要死纏爛打地求他，他還是會來。佐佐山就是這樣的人。

「喂，狡嚙，聽說你連當冤大頭也不夠格嗎？」

佐佐山面帶賊笑地俯視狡嚙並出言挑釁後，坐在內藤剛才的座位上。

狡嚙依然擺出臭臉，但見到佐佐山的態度後，心中總算放下一顆石頭。似乎很久沒像這樣和佐佐山面對面說話了。

「耶～這麼一來平時的老面孔總算到齊了～好吧，狡嚙先生謝謝啦，你可以走了～」

內藤敦促狡嚙離席，卻被征陸伸手制止。

「不，內藤，你今天先旁觀吧。」

「咦！」

「狡是你硬拖過來的，一旦人數夠了就趕人離開實在說不通。我決定了，今晚要徹底替狡特訓麻將。」

內藤拚命伸展瘦小的身軀提出抗議，但在刑事課的老前輩面前，他的聲音只是空虛地反彈回來。

第二分隊的神月一副事不關己地玩弄手中的牌。

「光留，你沒意見吧？」

佐佐山一瞬間沉默，他的沉默有如一把錐子刺痛狡噛的耳膜。

「好吧，我會把他培養到好歹能當個冤大頭的程度。」

說完，佐佐山露出一副要弄人的表情咧嘴笑了。

執行官隔離區的休閒室裡，再度充塞洗麻將牌的嘩啦嘩啦聲。

「聽好，麻將雖然是一種湊出手牌的遊戲，但可別看了自己的手牌就或喜或憂。」

佐佐山嘴裡叼著尚未點燃的香菸，轉眼間就堆好牌。不用說，當然遠比狡噛快得多。

「最近的傢伙連真正的麻將牌都沒摸過。不管在線上對戰過幾局，真正的勝負還是要和對手面對面，靠五感來觀察牌桌上的氣氛。」

說完，佐佐山單手迅速點燃香菸，深吸一口後用力呼出。

「狡嚙，應該關注的對象是人，譬如對手的表情、視線、呼吸或者發言的變化。觀察這些，仔細看清對方的企圖。如此一來，你就能找到自己該走的路。」

「說起來頭頭是道，可是佐佐山大哥上回還不是放了好幾次槍被我榮了！」

聽到內藤吐嘈，神月也笑得肩膀亂顫地應道：「說得沒錯！」

佐佐山尷尬地敲了內藤一拳，再次深吸一口菸。

應該關注的對象是人——狡嚙聽從這個建議，凝視眼前的佐佐山。

現在該說什麼才好？

雖然明白征陸就是為了這個才勸自己留下，狡嚙實際留下後卻想不到該說什麼，腦中一團亂，什麼具體的話語也浮現不出來。

視線又回到手牌上。牌的種類紛亂無序，完全看不出該怎麼湊才能和牌。彷彿和自己的思考同步，一點也不有趣。

「喂，我不是叫你別一直盯著自己的手牌看嗎？」

聽到佐佐山的話，狡嚙又把頭抬起。
「那我該看什麼才好？」
「就說了，是人啊。」
「我在問當不能看人的時候，該看什麼才好？」
「不可能有那種情況發生。」
「咦？」
「不會有那種情況。那種狀況大半是因為你自己不打算關注人。」
狡嚙覺得臉頰燥熱，彷彿剛才自己對佐佐山的種種思量與猶豫都被全盤否定。
狡嚙將手牌蓋住，站起來。
「抱歉，我想我今天還是回去好了。」
不顧征陸的慰留，狡嚙轉身離去。

第四章　兩人的城堡

1

重要的事物絕不留在自己身邊。
這就是佐佐山的作風。
幼年時期，父母買了玩具飛機給他，卻因為太過寶貝，隨身帶在包包裡，結果害機翼斷掉了。也有一次，他撿到一隻棄貓，想把牠當成一輩子的好朋友，卻因成天抱在懷裡，害小貓壓力過大，三天就死了。
自己沒有珍惜事物的才能，佐佐山從小就領悟這個道理。
之後，他習慣對自己心動的事物保持距離。
因為佐佐山明白，比起無法入手的悲傷，入手後又失去的悲傷會更尖銳地刺痛他的心。
從一開始就孑然一身，才是最佳的處世之道。

因此就這點說來，佐佐山很滿意執行官的生活。與社會隔離、生活受到嚴格限制的執行官立場，能讓佐佐山遠離自己珍視的事物。多麼友善的監獄，恰似搖籃的棺材。

佐佐山走在扇島深處，通風管無盡蔓延的地下通道裡。

時刻已接近午夜零時。

忘了這是第幾次造訪，直到現在仍無法看清這座巨大迷宮的全貌。

雖是廢棄區域，但達到這等規模的話，已能形成自給自足的經濟活動。大體上而言，扇島內有幾處鬧區，居民們圍繞著鬧區居住。

剛開始搜查時，佐佐山等人以鬧區為中心向附近居民打聽，但因一無斬獲，結果還是只能改採地毯式搜查整個扇島的方針。

在這個居民沒登記戶籍資料的扇島，他們不僅對該去哪裡才能找人打聽沒半點頭緒，加上幾十年沒有更新地圖資料，連自己身處何處也掌握不了。

佐佐山產生一種自己被巨大怪物吞進肚腸裡的錯覺。

由定期聯絡的狡噛和征陸的動向看來，他們兩人似乎也同樣毫無收穫。

不知摻有什麼成分的排水滲進磨平的鞋底。來自腳底的濕冷不舒服感，令佐佐山陷入連自己也化身成駭人怪物的無聊妄想中。

「其實從當上執行官的瞬間起，就已經是頭可怕的怪獸吧……」

佐佐山的自言自語在通風管中迴盪幾許後，被吸入黑暗深處。

他從褲子口袋取出壓扁的香菸點火，深吸了一口既苦又刺喉的菸，凝視手中的赤紅火光。有種奇妙的既視感。

感覺很像在執行官隔離區的昏暗自室中，無所事事地以眼追尋煙的去向。

這裡或許也一樣是個友善的監獄吧。

對於想捨棄世上一切的人而言，這個被世上一切所捨棄的地方是個最棒的樂園。

不對，說「想捨棄」似乎太不精確。佐佐山搖搖頭，自我否定。

他並不想捨棄，也不想被捨棄。

單純只是「那個」在身旁的話令他很痛苦。他無法忍耐「那個」有一天或許會離他而去或壞掉。當人們無法忍耐這種恐怖時，便會選擇棲身於孤獨。

這裡，正是最適合孤獨的住處。

一想到此，腳步突然沉重了起來，甚至覺得就這樣沉淪在扇島深處也不錯。

一道呼叫佐佐山的聲音闖入他黑暗頹廢的思考中。

『佐佐山，今天就到此為止吧。三十分鐘後在C區之2會合。』

可惜牽繫執行官的狗鍊不會輕易鬆開。

佐佐山深深嘆氣，開始朝煙飄往的方向走去。

被拋出的香菸落在潮濕的地面，發出「滋」地一聲。

2

人潮喧囂迴盪在被無數鋼骨覆蓋的夜空中。

時刻已超過午夜零時，人們卻仍群聚於攤販前，熱潮彷彿永不減退。

觸目所及的任何地方都升起火堆，四周瀰漫白色蒸氣，飄散各式各樣的食物氣味。廢棄區域的居民端著盤子群聚在路旁的攤販前，爭先恐後地付出硬幣再續一盤。

簡直像歷史小說描述的情景……

站在老舊大樓外牆樓梯上俯視人潮與攤販，瞳子萌生這般感想。

對早已習慣自動化餐飲店的瞳子而言，用熾熱火焰烹調的食物與用實體貨幣換取這些的人們，都像是從歷史小說中蹦出來的創作物，毫無現實感。

然而，在眼前拓展的情景，刺激鼻腔、誘發食慾的香氣，以及咕嚕作響的肚子，都告訴她這一切是現實。

從第一次跟蹤藤間踏入扇島以來，至今已過了將近一個月。

即使在那次以後，藤間一樣每個週末會離開教師宿舍，而瞳子也會跟蹤在他背後造訪扇島。不管來幾次，這地方仍舊帶給她無窮的驚奇。

實體霓虹燈、身上帶有餿味的人們、彷彿永遠不會被清理的垃圾，這些風景和瞳子平時置身的整齊劃一的美麗世界形成強烈對比。

用禦寒衣物裹住身體的人們在她腳下川流不息。

他們身上穿的衣物似乎也是撿來的，每一件看起來都不怎麼乾淨，穿搭也亂無章法，卻沒有人在乎這些。

這裡的居民都是從希貝兒庇護下、既安全又富足的美好世界中逃離出來的。

他們想必有自己的價值基準。雖說那種基準是瞳子無法想像的。

短短一個月前的瞳子恐怕做夢也沒想過有這樣的世界存在。

不知不覺間，瞳子已深深著迷於這片震撼自己價值觀的街景。

現在的話，和跟蹤藤間一樣，讓自己置身於這片風景中也是瞳子的樂趣之一。

她想，藤間一定也是臣服在這塊區域的魅力之下，才會每週都來這裡。

倘若真是如此，她和藤間一定能有所共鳴。她的精神一定有某種路徑和藤間相通。

只不過看在他人眼裡，或許只會認為這是瞳子幼稚的自以為是吧。

歲末時節的晚風滲入暴露在外的膝蓋。瞳子後悔自己為何沒穿褲襪而是穿長筒襪，邊摩娑著膝蓋邊拿起相機，將眼睛湊向觀景窗。雖然她今晚同樣在踏入扇島的瞬間就跟丟藤間，但這個場所在藤間心中占有一席地位的確信振奮了瞳子。

瞳子在觀景窗中的世界裡見到街上熙熙攘攘的行人。

其中，有一名男子特別吸引瞳子的目光。

在低頭漫步而行的人群當中，只有那名男子挺直腰桿，筆直望著前方邁出步伐。一頭銀髮在灰濛濛的街道裡顯得格外輝耀美麗，其存在感宛如石子堆裡的水晶般綻放異彩。

瞳子不禁按下快門。

一張。

似乎沒對到焦。瞳子重新握好相機時，人潮毫不留情地將男子愈帶愈遠。

再一張。

小小的電子聲響起。瞬間，銀髮男停下腳步，緩緩轉頭望向瞳子這邊。

該不會被發現她在偷拍吧？快門聲被聽見了嗎？但瞳子與那名男子隔了三十公尺遠。那種狀況下，在這片喧囂中，如此微小的電子聲真的能傳進他耳裡嗎？

瞳子覺得很荒謬，但男人的視線明顯對準她。

瞳子趕緊放下相機。

即使如此，男人仍凝視著瞳子。

他的銀髮宛若霧夜裡的月光，散發出柔和光芒。即使隔了這段距離，也能清楚看見四周霓虹燈的光芒集中在他淺色瞳孔裡，反射出複雜的光輝。

多麼美麗的男子啊。

可以的話，想再次把他收進觀景窗裡。瞳子心中不斷萌生這種念頭。

假如誠心拜託他，他或許會同意拍攝吧。先為剛才沒徵得同意就拍照道歉，再好好拜託的話，他一定會點頭。問題是，不管再怎麼美麗，這名男子好歹是會出入扇島的人。而且和藤間不同，瞳子對這名男子的身分一無所知。和這樣的人扯上關係真的好嗎？

在瞳子猶豫的這段期間，男人緩緩朝她走過來了。

他的嘴角掛著微笑，完全看不出心裡在想什麼，說不定是來抗議瞳子沒徵得許可就擅自拍照。或許瞳子應該佯裝不知地拔腿逃離現場比較好，但不知為何，瞳子無法把視線從男子身上移開。

陷入迴圈的思考愈轉愈快，腳卻像生根似地動彈不得。

兩人的距離逐漸縮短。

十五公尺……十公尺……五公尺……

男人緩緩踏上瞳子所站的外牆樓梯。

那頭銀髮已來到瞳子伸手所能觸及的位置。不可思議地，有種甜美但又像是微微腐敗的味道傳來，令瞳子感到一陣暈眩。總覺得在哪裡聞過這種氣味……

瞳子腦中浮現藤間的臉，身體一陣酥麻。

「喂。」

這時，她的肩膀突然被人從背後抓住。

由於太過突然，瞳子嚇得尖叫回頭。原來是之前輔導過她的短髮刑警。

「妳又來這裡蹓躂，真是學不乖耶。」

瞳子嘴巴一張一闔地說不出話來。這段期間，銀髮男從兩人身旁走過。覺得彼此對到眼神只是錯覺嗎？或者，銀髮男子在意短髮男的存在，放棄上前攀談？

瞳子目送他瘦長的背影離去，一方面鬆了一口氣，一方面也覺得錯失了某種大好機會，便將怒氣發洩在眼前的短髮男身上。

「你幹什麼啦！我剛才好不容易把他——」

話還沒說完，短髮男以銳利的視線瞪著瞳子問：

「妳……沒被剛才那個傢伙怎麼樣吧？」

什麼嘛，莫名其妙。他以為全世界的男人都和他一樣野蠻嗎？

「啊？什麼跟什麼嘛！」

瞳子著急地將視線投向短髮男背後，但剛才那名男子已經不見了。

佐佐山背上爬滿冰涼的汗水。

他心跳加速，長滿雞皮疙瘩，本能提醒他有危險。

他從剛才走過自己與瞳子身旁的銀髮男子身上嗅出血腥味。

而且不只一個人，是好幾十人的腥臭。

不對，他實際上並沒有聞到鐵鏽味或腐臭。該名男子把自己打理得乾乾淨淨的，明顯與這個廢棄區域格格不入，實際上什麼異味也沒有。

但獵犬的嗅覺讓佐佐山在男子身上聞到屍臭。

也許該立刻追上他，用主宰者確認他的犯罪指數，但眼前的瞳子讓佐佐山猶疑不決。和上次相遇時不同，瞳子今天制服外面披著厚厚大衣，不至於像上次穿水手服在廢棄區域內亂逛般引人矚目。然而，不論是她年輕貌美的容顏，或是一頭整齊美麗的黑髮，仍難保不會吸引本地居民的注意。

當然，廢棄區域的居民並非人人都是忠於慾望的野蠻人。經過幾個星期的打聽後，佐佐山很明白比起生活在外面的人，這裡的居民反而更為內斂。即使如此……人的慾望會在何時以何種形式爆發，誰也說不準。

有像是剛才的銀髮男子那種人物進出的事實，赤裸裸地暴露出扇島的危險性。一思及此，佐佐山實在不敢放瞳子一個人在這裡。

「妳啊～我不是早就說過，要妳別來這種地方遊蕩嗎？」

佐佐山搔搔後腦杓說，瞳子嘟起嘴巴把臉別開。十六歲的小大人卻擺出如此幼稚的抗議態度，讓佐佐山不禁莞爾。

「有什麼好笑的？」

「呃，沒事……」

「噁心死了。」

不可思議地，年輕女孩吐出的「噁心」這個詞具有難以形容的攻擊力。佐佐山覺得心窩宛若挨了一拳，唉聲嘆氣地說：「拜託～別說我噁心嘛～」

「但你就是很噁心啊。」

「再說我就要逮捕妳了！」

佐佐山緩緩舉起拳頭，瞳子尖叫。不管對她做什麼反應都很激烈，簡直就像某種玩具。

這麼說來，第一次和瞳子相遇時，佐佐山也覺得像是發現了新玩具。今日重逢多少令他感到興奮。

「話又說回來，你可以別擋我的路嗎！我要去拍照片了。」

瞳子的話使佐佐山高昂的情緒瞬間冷卻，他用力抓住她的右手。

「好痛！」

「拍照……妳要去拍剛才那個男的？」

「你管我要拍誰。」

絕對不行。

「絕對不行。」

「咦？」

「妳認識他嗎？」

「並沒有。」

「那就好。總之妳今後絕對別靠近那傢伙。」

「為什麼……？放開啦，我的手很痛耶。」

發現自己不知不覺間握得太用力，佐佐山趕緊把手放開。

要回答她的疑惑並不容易。就算回答說那名男子身上有血腥味，她也多半無法理解。更何況對於無知的瞳子來說，那反而會勾起她的興趣。

暫時先找話搪塞吧。

「與其去追那個瘦巴巴的傢伙，妳眼前不是有個好男人嗎？」

「啥？你白痴嗎？」

瞳子邊說邊撫摸自己被擰痛的手。確認她已經沒有去追那個男人的打算後，佐佐山總算鬆了一口氣。

「慢著，妳該不會以為在這裡碰上我後還能繼續拍照吧？」

瞳子的動作戛然而止，抬眼看向佐佐山。

「果然還是……？」

「廢話，當然要帶回輔導啊！」

瞳子立刻揪住佐佐山苦苦哀求。

「咦，不要啦不要啦！拜託你，放過我吧！」

雖然她鼻頭染紅、眼眶濕潤地苦苦哀求，但明顯是裝出來的。以為這種程度的演技就能唬弄成年男性，顯示出她的愚昧。

「求求你！如果我再被輔導的話就要被禁足了！」

「禁足才好。像妳這種過動兒，被罰禁足只是剛好而已。」

佐佐山說完，用比剛才更輕柔一點的力道抓住瞳子的手。瞬間，瞳子轉身甩開佐佐山的手，奔跑上樓。

「喂，笨蛋！」

佐佐山馬上回頭，瞳子正在攀登樓梯的白皙大腿恰好在眼前。雖然佐佐山沒有純真到會害羞地轉頭，但也無法毫不客氣地直接撲向那雙大腿。雙手無所適從地在空中游移，佐佐山姑且只能追在瞳子背後。

由於高低差的緣故，瞳子的臀部一直在佐佐山眼前晃悠。如此一來，更不知道該抓她哪裡才好了。

「別跟著我！」

「不行，我不能放著妳不管。」

「慢著，你在盯著哪裡啊！」

「當然是屁股啊，屁股。」

「變態！」

「吵死了，要怪就怪不往下走的妳自己吧！錯不在我！」

在冬天的寒風中，兩人奔跑上樓的腳步聲清冽響亮。

女高中生的腳力當然不可能和現役刑警相提並論，反覆進行攀登運動之間，瞳子的腳很快就變得痠痛無力。不適合全力奔跑的堅硬樂福鞋有一隻掉了，從鐵梯的縫隙間掉到地面。

「啊……」

瞳子視線追著樂福鞋，不慎失去平衡，向後仰倒。

佐佐山單手摟住她纖細的腰。

「好，遊戲結束了，乖乖回家吧，大小姐。」

佐佐山本以為個性倔強的瞳子，為了反擊一定會立刻對他惡言相向，出乎意料地，瞳子卻只是默默低頭，肩膀微顫。

「喂……妳怎麼了？沒事吧？」

就算佐佐山問她，她也沒回應。糟糕，八成是在哭吧……佐佐山遭不妙的既視感襲擊。根據經驗，默默哭泣的女人和埋滿地雷的空地一樣惡劣，不管踏在哪裡多半都會爆炸。

佐佐山以無比慎重的態度，輕輕把手放在瞳子顫抖的肩膀上，小心翼翼地窺探她的臉。下個瞬間……

「幹嘛啦！」

瞳子發出怒吼，同時揮出正拳直擊佐佐山的心窩。

「唔哇！」

雖然只是女高中生的一拳，但因出其不意，佐佐山還是受到不小的衝擊。疼痛和驚訝讓佐佐山張大嘴巴望了瞳子一眼，她的眼眶裡連一滴眼淚的影子也沒有，兩顆渾圓的眼眸發出憤怒的光芒。她的眼神令佐佐山再度興奮起來。

瞳子以為自己奇襲成功，立刻推開佐佐山，掉頭往樓下跑。佐佐山當然不可能放她就這麼跑掉。

「很好，妳剛剛犯了妨礙公務執行罪。」

他揪住瞳子的後頸說。

雖然妨礙公務執行罪的概念，隨著普遍改用主宰者進行犯罪搜查後就被廢除了，但名稱本身要嚇唬一名無知的女高中生仍相當有效。

「死……死刑……？」

瞳子宛如被母貓叼著的小貓，緩緩轉過頭來問佐佐山。

她幼稚的疑惑勾起佐佐山難以言喻的懷念感，使他不由得眉開眼笑。

雖然很想繼續板著臉孔觀察這名無知少女的恐懼模樣，但最後還是忍不住笑出聲來。他笑到膝蓋使不上力，整個人趴在鐵欄杆上笑個不停。即使眼角餘光看到瞳子詫異的表情，佐佐山依然無法止住不停湧現的笑意。

連他都疑惑自己為何會笑得如此誇張，畢竟他這一個月來幾乎沒有發出聲音笑過。

自從接獲那個「通知」後，他雖不至於笑不出來，但就是沒那個心情。

但是現在，佐佐山發現自己正在笑。明明笑到連自己也受不了，卻無法將被打開的情感枷鎖再次鎖上。

內眼角似乎有某種火熱的液體溢出，佐佐山連忙低頭蹲下。

他現在不想去思考那是什麼液體。

「喂……你沒事吧？」

見到佐佐山突然蹲下，瞳子嚇了一跳。她也在佐佐山身旁蹲了下來，窺探他的臉。

瞳子柔軟的臉頰靠在圓圓的膝蓋上，在冷冽風中被凍得紅冬冬的，恰似成熟的水果。她的臉上已沒有對自己是否會被判刑的擔憂，只剩下對佐佐山的關心。

見到她的眼神，眼底火熱的液體又快流出，佐佐山拚命忍耐，溫柔地拍了她的頭兩次。

「放心，我沒事啦。」

「喔，是嗎……」

「還有，妳不會被判死刑的，不用擔心。」

「真……真的嗎……」

似乎發現自己白操心一場，瞳子表面上裝作平靜，尷尬地左顧右盼。

佐佐山由衷覺得她這副模樣很可愛。

「拿去。」

佐佐山脫下大衣，遞給瞳子。

「幹嘛？」

「圍在腰上吧，否則內褲會被看光光喔。」

「啊？」

「我要背妳，不然妳這樣沒辦法走路吧？」

佐佐山用下巴指向鞋子掉了的那隻腳。

「不必了……我很重……」

「幾公斤？」

「啊？我怎麼可能告訴你。」

「別囉唆，快上來吧，我就算背個小胖妹也沒問題。」

佐佐山一邊承受瞳子的下段踢，一邊擺出半蹲姿勢，轉身背對她。瞳子盯著佐佐山的背，一句話也不說。

看來瞳子已經明白自己躲不掉輔導了，即便如此，仍想反抗的心情讓她沉默得像顆石頭。

佐佐山明確感受到她內心的糾葛，心中浮現憐憫之情。

必須讓她明白某些事才行。

這不是出於職業意識，也不是來自培養健全青少年的高貴情操。他只是有種預感，倘若現在眼前這名無知純真的少女因某種過錯而受傷，他將無法承受。

佐佐山慢慢抬起上半身，凝視瞳子。

要和瞳子這個年紀的孩子打交道，謊言或計謀絕對行不通，只需將必要事項傳達給他們即可。佐佐山遙想自己稱不上正常的青春期，慎重地開口：

「如果妳只是個潛在犯，我或許會放過妳。但妳並不是，對吧？妳根本不是什麼潛在犯，而是一個健康的未成年少女。我雖然是一名不良刑警，卻沒怠惰到放任這樣的人心靈指數變得汙濁。」

發現脫口而出的話遠比原本想講的冷淡許多，佐佐山不禁詛咒自己的笨拙。一想到原來自己過去接觸過的大人們也是像這樣煩惱該怎麼傳達想法，佐佐山忍不住露出苦笑。在他煩惱下一句話該怎麼講時，結果是瞳子先開口了。

「可是……」

「嗯？」

「應該也有些事物是不惜犧牲也想獲得的吧……？」

「犧牲」這個詞和少女的稚氣徹底不搭。年紀尚輕的她還無法計算自己的價值，才會輕易說出「犧牲」兩字。

瞳子的說法有點觸怒了佐佐山的敏感神經，使他原本想要慎重溝通的心情煙消雲散。

「犧牲這種話不應該輕易說出口，尤其是像妳這種不懂什麼才真正重要的小鬼。」

明明別說就好，卻故意挑些忤逆對方的言詞脫口而出。佐佐山不僅詛咒自己的笨拙，又咒罵自己的急性子。

「我才不是小鬼呢。」

「妳就是小鬼。」

「我好歹明白什麼是重要的。」

「不，妳不明白。不懂得珍重自己的人，沒資格談何謂重要。像妳這樣的人就是小鬼。」

佐佐山在心中吐嘈自己有什麼資格講這些冠冕堂皇的話？隨著瞳子的表情陷入沮喪，佐佐山的自我厭惡也益發膨脹。

要把瞳子的主張斷定為年輕氣盛而來的愚蠢很容易，但是佐佐山很清楚，他自己也沒有成熟到能這麼做。

被過去的他宣稱是必要的犧牲而拋捨的種種事物在腦中閃現、消逝。

沉默之中，瞳子擤鼻涕的聲音格外響亮。不知該說什麼才好的佐佐山，決定先道歉再說。

「呃……我剛剛說得太過分了，對不起。」

「說完教又道歉只會凸顯你的自我滿足，更令人不爽。」

少女精準看穿佐佐山的心虛，話語銳利地刺穿他的胸口。

「呃……抱歉。」

「又來了。」

「啊……」

「算了。」

「好吧……」

受到瞳子反擊，佐佐山的思考迴路完全短路，只能茫然抬頭看向夜空。

「真奇怪。」

瞳子責怪似地瞪著突然陷入沉默的佐佐山，開口說道。

「咦？」

「我是在說，你向我道歉，我說『算了』這件事很奇怪。這不是反了嗎？」

「呃～偶爾也是會有這種情況。」

「真奇怪。」

總覺得在她面前，自己好像不管在想什麼都會被看穿，佐佐山已沒有辯解的力氣。

「反正這個世界就是這麼一回事。」

一心只想快點結束話題的佐佐山搬出大人的老生常談，彷彿要掩飾心虛般點燃香菸。

瞳子一面以視線追逐混入白色氣息的煙霧，一面接著說：

「大人真狡猾。只要是面對小孩，立刻會擺出自己什麼都懂的態度，說這就是大人的世界，小孩子不會懂的；以為如此一來，小孩就沒辦法跨越防線。」

「……」

「所以，只要小孩稍微踏入大人的世界，大人就會勃然大怒。大人所謂『為了你好』全都是謊言，你們只是討厭小孩踏進自己製造的安全地帶罷了。」

佐佐山心想，瞳子的話的確有些部分精準地點出事實。

大人是大人、小孩是小孩，唯有明確劃分出這條界線，大人才總算能和小孩對等地抗衡。因為對大人而言，小孩子就是一種威脅。

正如瞳子一眼就看穿佐佐山的心虛，小孩有時會憑著純真刺探出大人隱藏起來、對自己不利的事實。大人就是害怕這點，才會把小孩隔離開來，將他們隔離到遙遠的彼岸。若不這麼做，這世界太難熬了。

佐佐山不經意地想起狡噛的事。

他就像一道純真而筆直的光芒。在他的光芒照耀中，佐佐山暴露出幽微暗影。

佐佐山沒想到會在這種狀況下想起狡噛的事，意料之外的思考讓他深感動搖。

不過，這名少女和狡噛確實很相似。不對，應該說狡噛很像這名少女吧。不管如何，他們兩人都擁有佐佐山無法獲得的光明。

在面對他們的時候，由於光芒過於眩目，佐佐山只能躲在影子裡或使之折射來迴避直視，但他還是想一窺光明。

他們就是擁有這般魅力。

想到這裡，佐佐山在心中譏諷：「所以狡噛也只是個小鬼嘛。」不過他也明白，那根本不是自己的真心話。

佐佐山認為那道光很寶貴。

是他必須守護、不能失去的事物。

「妳想成為大人嗎？」

要像狡噛一樣傻傻地維持心靈純淨並不容易。等瞳子長大成人後，她所擁有的這種光芒肯定大半都會消失。一想到這裡，佐佐山覺得拚命踮起腳尖、想觸及大人世界的瞳子，似乎顯得更虛幻、更可愛了，所以才忍不住問了這個問題。

「我也不知道。」

感覺她的答案帶有一絲猶豫，佐佐山夾藏在煙霧之中悄悄嘆息。

「但是，我想和他站在同一個世界，我想和他共有一切。」
佐佐山沒有漏看當瞳子這麼說時，眼中潛藏的熱情。庸俗的好奇心瞬間冒出來。
「什麼？原來是為了男人啊。」
「是、是不是都沒有關係吧！」
瞳子被冷風吹紅的臉頰現在更是緋紅，看起來也更可愛了。
「哇～居然被我猜中了。」
彷彿要逃避佐佐山一臉賊笑地窺探她表情的視線，瞳子用力搖頭。但她嬌羞的模樣更點燃佐佐山的嗜虐心。
「換句話說，妳傾慕的對象在這附近嗎？該不會是剛才那個銀髮男子吧？」
假如是，問題就大了。幸好瞳子回答「才不是呢」，令佐佐山稍稍放心。他又繼續追問：
「所以說，到底是誰啊？」
「你很煩耶～」
「櫻霜學園的大小姐居然會迷戀和廢棄區域有關的男人。他究竟是在哪裡勾搭上妳的？」
「勾……勾搭……老師才沒有那麼下流呢！」
「老師？」

「啊……」

瞳子為自己的失言深感懊悔，嘴唇慌張地蠕動。

「是妳學校的老師？」

「吵死了吵死了吵死了！」

「為什麼學校教師會來扇島……」

「真是的！問夠了吧？要輔導我就快帶我走啊！」

「咦？真的好嗎？」

「反正就算我說不要，你還是會把我帶回公安局吧？」

「嗯。」

「快背我啊。」

「怎麼突然變得這麼乖？」

「因為……反正終究是白忙一場而已。」

「什麼意思？」

「剛剛說完我自己就發現了。對老師而言，像我這種小鬼終究只是個麻煩。他一定不希望我闖進他的世界。所以……」

瞳子說到這裡，閉上嘴巴。她咬牙切齒地想，都是眼前這個混蛋害的，害她產生沒必要的想法。

不管拿什麼照片給他看，藤間的評語永遠是「沒什麼意思」。

那恐怕不是瞳子拍了什麼有趣的照片便能改變，而是他早就準備這麼回答吧。藤間並不打算帶瞳子去自己的世界，「沒什麼意思」只是他的推託之詞。

「妳怎麼了？幹嘛突然不說話？」

「快點背我。」

「咦咦？」

「我覺得累了……」

瞳子從一開始就知道了。

她知道藤間有如玻璃般的眼睛裡，根本容不下半點映照她的空間。

然而，藤間臉上的微笑與只有瞳子知道的每個週末的祕密，卻又挑起她無意義的期待，並導致她現在赤腳站在廢棄區域的窘境。一想到這裡，晚風突然變得冰冷暴力；跑了一整晚的腳也開始隱隱作痛，光是站著都覺得疲累。

瞳子老實地將身體貼在眼前背對著她蹲下的男子背上。

「明明就很輕嘛。」

「那當然。」

男子輕鬆背著少女站起身，緩緩步下樓梯。

3

佐佐山走下鐵梯的聲音在冬日夜空裡響起。

彷彿小心翼翼地避免傷到背負的行李，徐徐前進。

佐佐山的背面緊貼著瞳子的正面，彼此交換著體溫。這份溫暖令兩人的思考略為鬆懈，話也不可思議地變多。

「對了，妳有個隨身碟上次忘了帶回去。我隨身攜帶，以便碰上妳時能立刻歸還。待會兒給妳吧。」

「不必了。」

「咦？」

「已經不需要了。」

「為什麼？妳明明努力拍了那麼多照片。」

「反正我拍的照片沒什麼意思，老師根本連看都懶得看。」

「妳的心上人？」

「也不算……他只是攝影社的顧問老師。」

「喔，原來如此。」

「唔……」

「然後呢？那個攝影社顧問說妳拍的照片沒什麼意思？」

愛逞強的瞳子已不像過去那般拒絕佐佐山。佐佐山若無其事地繼續追問，瞳子也慢條斯理地一一回答。

「對……我想盡辦法要拍出他會感興趣的照片……所以……」

「所以才會來這裡遊蕩？」

「老師每個週末都會溜出教師宿舍來這裡，所以我想說，如果我也來這裡拍照的話，說不定能多少引起老師的興趣……只不過結果……你也知道的。」

瞳子的嘆息直接吹在佐佐山的脖子上。她的氣息如此溫暖，令佐佐山不禁對造成她憂鬱的攝影社顧問產生一絲敵意。

「妳的照片沒那麼糟啦。」

「你自己上次不也批評得很難聽嗎！」

「我只是在說妳的技術很差，並不認為照片本身很無聊喔。」

「咦？」

「我覺得很好啊。不管任何對象都拚命拍攝下來，有一種把自己的世界全部轉變為照片的氣勢。我認為是很有妳的特色的有趣照片。」

「很有我的特色？」

「一點也不有趣嘛！」

「拚命踮起腳尖，想早點邁向成人世界的感覺。」

「不，很有趣。這種拚死命的心情，意外地很快就會消失了。」

佐佐山腦中再度浮現狡噛的模樣。

「妳啊，雖然口口聲聲說想和大人共有世界，但在我看來，妳這種卯足全力的心情更是寶貴……類似外國的月亮比較圓的感覺吧？」

「外國的月亮？」

「簡單說，就是因為自己沒有才會感到羨慕。像妳這麼貪心地想把世界割取下來的拍攝方法，我已經辦不到了。」

連佐佐山都訝異於從自己口中說出的話語竟會如此坦率。這幾個星期沉澱在內心深處的疙瘩，不知不覺都不見了。

少女溫暖的肌膚就是擁有如此強大的效力。

佐佐山覺得，倘若能一直緊貼著這份溫暖，自己應該也能變成無比溫柔的人吧。

雖然受不了如此現實的自己，但可以的話，佐佐山現在想拋棄一切，耽溺在這種舒服的感覺裡。

「所以，妳的老師說不定是因為嫉妒才批評的喔。」

這句話是真是假，佐佐山根本無從確認，但就算是信口胡言，只要能讓她打起精神就夠了。這份確信讓佐佐山鼓動舌頭，天花亂墜地講個不停。

「咦～不可能啦。」

從她的聲音裡感覺到她似乎打起精神了，佐佐山也總算放下心中大石。

「啊，看到了。」

瞳子那隻油亮的黑色樂福鞋，就落在外牆鐵梯正下方堆滿紙箱雜物的角落。

瞳子從佐佐山的背上下來，單腳小跳躍地來到樂福鞋旁邊，但在看到自己腳下的好夥伴沾染了不祥色彩的廢水後，在原地停了下來。佐佐山見到瞳子似乎心生猶豫，毫不遲疑地替她撿起樂福鞋，並從口袋裡拿出揉成一團的皺巴巴手帕，仔細擦掉鞋上的汙水，接著用王子面對灰姑娘的態度在瞳子面前單膝跪地，替她嬌小的腳穿上鞋子。

聽到瞳子喃喃地說「謝謝……」，佐佐山感到很滿足。

果然自己在侍奉女性時，心靈最安穩了。佐佐山對自己的現實露出苦笑，陪著瞳子步行於扇島的喧囂中，並配合她的步伐緩慢地走。

「叔叔，你……」

瞳子抓著佐佐山的大衣下襬開口說。

她的聲音裡已沒有第一次見面時凶巴巴的樣子。

「喂……別叫我『叔叔』啦，很讓人喪氣耶。」

「欸～」

「我叫佐佐山，佐佐山光留。」

瞳子在嘴中反覆唸了幾次「佐佐山光留」，像是明白什麼似地點點頭後，微笑地說：

「光留先生，你很懂攝影嗎？」

被人用名字加上「先生」這種不習慣的方式稱呼，令佐佐山的體溫略為升高。但比起稱謂，關於攝影的問題更像是在佐佐山的內心深處敲了一記重擊。

他腦中閃現仍未處理的大量照片。

「不敢說很懂，我只是以前稍微玩過而已。」

為了快點結束這個不希望被人提起的話題，佐佐山擺出不感興趣的模樣，但瞳子輕易跨越他的防線。

「哇～半吊子還敢那麼跩地指導人呀？」

佐佐山在心中詛咒自己的輕浮，老實臣服於瞳子的指摘。

「那是因為妳根本連基礎都不懂。」

「問題是又沒有人教我。」

「那個社團顧問呢？」

「就算拿照片給他看，他也只會說沒意思而已……」

看到瞳子說完低頭嘟嘴的模樣，佐佐山覺得自己果然無法喜歡那位攝影社顧問。

她嘟起的嘴唇滲出無法輕言放棄的意志。總而言之，她是希望佐佐山教她攝影基礎吧？

剛剛才說過鼓勵瞳子的話，現在又要她放棄，未免太說不過去。

佐佐山忍著內心的隱隱作痛，伸出手說：

「唉，相機借我看看吧。」

「好。」

瞳子張大滿懷期待的眼，乖巧地把相機交給佐佐山。

沉甸甸的觸感在佐佐山手中擴散開來，心靈靜靜地顫動起來。

無數甜美記憶在腦海裡閃現，不站穩腳步的話說不定會暈倒。

「首先，光是使用手動操作就錯了～像妳這種外行人選全自動比較好。」

「可是那樣的話……就沒有在攝影的感覺。我希望能把自己所見的景色直接收進相片裡。單眼相機不就是能做到這種事的相機嗎？」

瞳子不服氣地反駁的模樣，與佐佐山某部分的記憶相呼應，更是讓他心靈一陣酥麻。

「原來如此，妳這傢伙真的很貪心耶。」

「你剛才明明說那樣很好。」

明知繼續踏入記憶之海很危險，佐佐山卻無法抵抗甜美的誘惑，仍繼續向前。一踏進去，果然覺得很舒服，佐佐山明顯感覺到自己的舌頭變得愈來愈輕靈。

「唉，真拿妳沒辦法。給我聽好，首先妳要去思考何謂攝影。簡單說來，攝影是一門如何透過鏡頭讓光射在底片上的學問。想拍得明亮一點就把光圈打開，或是把快門速度減低。」

「光圈？」

「妳連光圈也不知道？」

「我不是說我真的不懂嗎！」

佐佐山拆下有男人拳頭大小的鏡頭，讓瞳子確認光圈。他也把臉湊過去，和瞳子採用同樣角度一起觀察透明的鏡頭。

佐佐山轉動鏡頭外圍，圓筒內部的六角形孔隨著轉動擴大、縮小。

「仔細看喔，有看到六角形的孔在擴大縮小吧？那個就是光圈。光圈愈大，能得到的光量愈多，也就能拍出愈明亮的照片；相反地，只要將光圈縮小，亮度就會減低。至於快門速度，簡單說就是控制光亮進入多久。快門愈慢，光射入的時間愈長，照片就會愈亮。」

「所以說，把光圈盡量放大、把快門速度盡量減低比較好囉？」

「不，太亮的話，畫面會變成一片死白。好好調整光圈和快門才能拍出想拍的照片。」

「想拍的照片……」

「對，把妳看到的景色拍下來，而非機器自動調整的景色。手動攝影就是這麼一回事。」

一口氣說明到這裡，佐佐山暫時喘一口氣。

他已有好幾年沒拿過相機，卻還能這麼流暢地說明，連自己也感到驚奇。因為這類疑問在以前早就回答過好幾次了。

鎖住記憶的封印，在瞳子面前輕易解開。

「給我。」

瞳子從發呆的佐佐山手中搶回相機，嘴角難掩興奮地揚起，喜孜孜地把眼湊向觀景窗。重複幾次按下快門、在螢幕上確認剛拍下的照片後，瞳子的欣喜表情逐漸蒙上陰影，不滿地嘟起嘴巴。

「怎麼拍都拍不好……不知道要把數值調到多少才能拍出想要的照片……」

佐佐山以前也看過好幾次這種抱怨。

來自既視感的從容，讓佐佐山的語氣變得溫柔。

「當然是要不斷不斷地拍照，好讓自己獲得那種判斷力啊。放心，妳已經拍了這麼多照片，很快就能抓到感覺。」

瞳子的眼睛顯露對於佐佐山的尊敬。

「原來如此……光留先生，你好厲害啊！欸，你拍幾張照片給我看看嘛！」

說完，她把相機推向佐佐山的胸口。

這種對話也似曾相識。比起拒絕，希望沉醉在甜美既視感裡的慾望驅策著佐佐山。

他緩慢地舉起相機。

沉甸甸的感覺讓手掌湧現力量。

窺探觀景窗，在裡頭見到令人懷念的景色。

不同於肉眼直接所見，卻又無比貼近真實世界的景色。

佐佐山左右張望，尋求拍攝對象。

道路上的行人、來自攤販的裊裊白煙、熱鬧的霓虹燈，以及遠掛天邊的點點繁星。

經過一番斟酌後，佐佐山把焦距對準瞳子，透過觀景窗和瞳子的視線相對。

瞳子意外地睜大雙眼，隨即放棄似地露出羞赧笑容。

富有彈性的頭髮隨風揚起，在鼻頭輕舞。

瞳子一手按住頭髮，視線害羞地飄搖。當視線與鏡頭邂逅的瞬間，佐佐山按下快門。

呼，他總算鬆了一口氣。

瞳子立刻喊著：「給我看給我看！」從佐佐山手中搶過相機，在液晶螢幕上確認照片。

見到螢幕中正在微笑的自己，瞳子不禁喃喃感嘆：

「好可愛……」

接著，她又為自己不小心發出的自戀發言嚇一跳，連忙訂正：

「不、不是啦！我不是那個意思！總覺得和我平常的照片感覺不太一樣……或者說……」

看見瞳子慌張的模樣，莫名挑起佐佐山的嗜虐心。

「是嗎？但在我的眼裡，妳就是這副可愛的模樣啊。」

佐佐山故意以低沉的嗓音溫柔地對她說，果然如同預料，瞳子變得滿臉通紅。

「總覺得……光留先生很裝模作樣。」

「別愛上我喔。」

「白痴啊你。」

瞳子立刻對一臉賊笑的佐佐山潑冷水。

「抱歉啦。」

「只不過……」

瞳子將相機舉高到眼前，高興地喃喃自語：

「嗯，總覺得好像能拍出好照片了。」

看著瞳子滿足的模樣，佐佐山也由衷高興起來。

「那就好。妳就先從自己身邊拍起吧，別再來這種地方了。」

佐佐山突然想起自己原本是想對瞳子說教的，趕緊補充一句。本來擔心輕率的忠告又會挑起瞳子的反抗心，幸好他的不安並未成真，瞳子乖巧地點頭。

安心感使佐佐山的腳步變得輕盈。瞳子似乎也因為能吐露想法而輕鬆不少，表情變得溫柔，腳尖也輕快得彷彿隨時會彈跳起來。

「話說回來，妳那位老師真是個奇妙的傢伙。」

「嗯，總覺得他很厲害，是個有著神祕氣氛的人。」

「我的意思是，有這麼可愛的女孩拚命對他示好，他居然視若無睹。」

「就是說啊～」

兩人一搭一唱，視視而笑。佐佐山剛才獨自在扇島打聽的時候，壓根兒沒想過自己的心情竟能變得如此安詳。這時，他想起自己正在調查可怕的案件，陡然停下腳步。在輕快的心情中，他感覺到某種難以言喻的不協調感。

「只不過……妳的老師來扇島是想幹什麼？」

對於佐佐山的問題，瞳子也睜大眼睛，歪著頭表示疑惑。

突然間，電子鈴聲在兩人之間響起。

配戴在佐佐山左手上的執行官用行動裝置，顯示來自狡噛的通信。

不知不覺間，已超過集合時間三十分鐘了。

4

「對了，我剛才碰到一個有趣的女孩子喔，似乎是你們學校的學生。」

在幽暗的房間裡，槙島聖護凝視著昏暗的燈泡如此宣稱。

燈泡的對角線上有一名男子。

是櫻霜學園社會科教師藤間幸三郎。

他腳下拖著長長的黑影，若無其事地耍弄原子筆。

縱使有知道他身分的人在附近出沒，藤間對此仍絲毫不以為意，只是靜靜地回答：

「是嗎……」

「真有趣。」

「哪裡有趣？」

「你那種除了目的以外全然不感興趣的部分。但話又說回來，你並非是個淺薄、欠缺思慮的人。」

槙島說完，慢慢轉頭觀察四周。

兩人所在的地點，是扇島的最深處、被隔離與忘卻之地。

這裡深邃無比，連小型發電機發出的咆嘯聲，都像是會被無盡的黑暗吸收殆盡。因電壓不穩而忽亮忽暗的燈泡，將藤間指尖上旋轉不停的原子筆黑影烙印在牆上，營造出不可思議的視覺效果。

旋繞的原子筆，以及在巨大水槽中微微蕩漾的藥劑。

彷彿發燒時所做的夢境，在大小感覺變得模糊不清的景色中，槙島滿意地微笑。

注意到他的表情變化，藤間以平板的聲音說：

「這表示我算是一個能引起你興趣的人物吧？」

「這造成你的不愉快了嗎？」

「沒有，因為我們本來就不是基於友情才結盟，促成我們合作的理由是彼此的利害關係一致。我為了我的目的，而你則是為了觀察我。因此，如果能讓你繼續對我保持興趣，我高興都來不及了，怎會造成不愉快呢？」

藤間條理分明的說詞，火熱地觸動槙島的內心深處。

「但是，普通人對於身為上位者的觀察者，總會抱持某種敵意不是嗎？」

「我並不討厭你這種能臉不紅氣不喘地說自己是上位者的個性，聖護老弟。」

「謝謝。」

彷彿面對同學，藤間對槙島直接以名字相稱。

就兩人不對等的關係來說，這種稱呼相當不搭調，槙島卻覺得很高興。因為他有預感，藤間難以估量的內心世界將會由此顯露出來。

藤間不顧感到愉悅的槙島繼續說：

「但是，是否位在上位其實是很主觀的事。人的關係是相對的。假如你的觀察無法看穿我的精神，你真的還能算是上位者嗎？」

「你認為我無法跟上你崇高的精神？」

槙島故意選擇比較挑釁的詞語，但連在藤間心中激起小小的漣漪也辦不到。他徹底無感情、彷彿在窺視存在於自己深處的虛無般，曖昧地回應：

「這個嘛……我的真心話是，如果被你輕鬆跟上的話可就傷腦筋了。」

這個男人果然很有趣。槙島對自己的確信感到陶醉。

「真是進退維谷呢。我想盡量了解你，為此，你卻必須成為無法被我摸清的對象。」

「老愛像這樣立刻討論邏輯，是聖護老弟的壞習慣。」

「是嗎？」

「真理存在於無法言語化的部分。理論派的你或許無法理解這個道理吧。」

藤間的話讓槙島想起曾讀過的童書中的一段故事。

聖・艾修伯里的《小王子》。

那個故事是關於留下「真正重要的事物，不是眼睛所能看見的」名言，了斷自己生命、失去故鄉的王子。

無根草總會緊抓著無形的事物不放。

只不過，眼前的藤間並不像童話裡的小王子那般飄渺。或許是因為他是一個想賦予無形事物形狀的探求者吧。

「所以，你才用犯罪的形式來凸顯真理嗎？簡直像個藝術家。」

「我對藝術沒有興趣，只是想將『我們』的存在保留下來。」

藤間一面說，一面殷切地注視著巨大水槽。

「你認為你的志向能達成嗎？」

「還不太夠。要讓這個世界變質，還需要一點點香料。」

「好吧。只要你仍高舉真理的旗幟，我就是你忠實的僕人。」

「一會兒是上位者，一會兒又成為僕人，聖護老弟可真忙呢。」

「你自己不也說了?人的關係是相對的。」

「說得也是。我會努力讓自己在你眼中不會失去價值。」

5

在充塞灰濛濛色彩的人群中見到佐佐山略顯明亮的短髮，狡嚙立刻跑了過去。見到佐佐山這一個月來的行動，令他無法不去想像「逃亡」這種最糟的事態。想像沒有成真雖令狡嚙鬆了一口氣，但煩躁感立刻竄了上來。

「喂，你跑去哪裡鬼混?集合時間早就……」

「抱歉抱歉。」

佐佐山似乎不怎麼在意地伸出一隻手制止狡嚙的責備。這個傢伙不管到哪裡都不會體諒監視官的辛苦。

「奇怪～大叔他們呢？」

「我讓他們先回戒護車上。你想害我們凍死嗎？」

說完，狡噛走到佐佐山身旁，在他背後見到似曾相識的黑髮正在搖晃。是桐野瞳子。

她像上次一樣，身穿與廢棄區域極不搭調的名門女校制服，似乎頗為內疚地站在後面。

「因為發生了不良少女的輔導案件。」

原來佐佐山遲到的理由是這個，狡噛總算能釋懷。既然不是因為不正當的理由才遲到，的確是該讚賞一番，只不過佐佐山讓他被迫在寒風呼嘯的野外站上三十分鐘仍是事實。無處發洩的憤怒矛頭尋找下個目標，狡噛瞪了少女一眼，少女立刻一溜煙地逃進佐佐山背後，遮住自己的臉。

佐佐山注意到狡噛的眼神變得凶惡，連忙安撫狡噛。

「好啦好啦，我已經對她說教過了。」

短短時間內，兩人似乎已建立起充分的信賴關係，佐佐山和女性的溝通能力還是一樣令人驚奇。了解到繼續逼問少女也沒用，狡噛默默開始執行輔導手續。

他從行動裝置中呼叫出少女的情報，確認不良行為的履歷。

過去發生過兩次輔導，今天是第三次。狡噛不清楚名門女校的校風如何，但是她的行為明顯很有問題。培育健全青少年不是狡噛的專長，但他還是不由得對少女的將來感到一絲不安。

「我會聯絡妳的學校。」

聽到狡噛的話，少女明顯變得垂頭喪氣。早知會如此沮喪，打一開始就不應該深夜遊蕩。對個性嚴肅認真的狡噛而言，瞳子和佐佐山都是難以理解的對象。

所以，現在見到佐佐山和瞳子靠在一起，一想到兩人不知建立起何種程度的關係，狡噛就有種無可言喻的疏離感，使他焦躁難耐。

一無所獲的搜查、自己與佐佐山遲遲未能好轉的關係，狡噛開始覺得這些全都起因於某種自己無法理解的道理，而遭受難以忍受的無力感侵襲。

為了逃離這種無力感，狡噛無所適從地將視線專注在瞳子的資料上。

桐野瞳子，父親為義大利裔準日本人阿貝爾．奧托馬吉，為日義混血兒。

自幼就讀櫻霜學園，至今仍為該學園學生。

暑假前的心靈健檢並未檢測出不正常數值。

之後尚無檢測紀錄。

雖無明顯的不良行為紀錄，但在今年十一月後有兩次輔導經歷。

第一次是十一月五日清晨，在赤坂的廢棄區域被巡邏多隆發現。

第二次是上一次，十一月二十四日晚間，也就是狡噛和佐佐山去扇島鎮壓拆除業者和當地居民紛爭的那一天。

狡噛的背脊突然感覺有一道電流竄過。

十一月五日清晨、十一月二十四日夜晚，這兩次都是目前搜查中的「標本事件」被害人被發現的前一刻。

這個突然的發現，使狡噛心跳加速。他搖搖頭，試圖恢復冷靜。

難道說……

光憑瞳子被輔導的日子與被害者被發現的日子相同，就此認為兩者相關實在太武斷。用不著冷靜，狡噛也明白這個道理。

但是——

女學生特地進入廢棄區域的不自然性。

以及「赤坂」此一地點的微妙一致性。

還有暑假後瞳子逐漸加劇的不良行為。

將這些「偶然」集合起來，實在難以一句「巧合」來打發掉。

征陸的話在耳裡迴響。

『情報會主動上門。』

狡噛覺得那或許是指現在，這般預感令思考加速。

或許過於武斷、或許過於薄弱，但是，他現在面對的是無法用自己的道理來分析的對象。

既然如此，哪怕做出超越道理的連結也無妨吧？

為了使緊抓著單純的靈機一動不放的自己更有正當性，狡噛盡全力思考。

反覆思考圍成一圈打麻將時，執行官們推導出來的犯人形象。

自命藝術家的毛頭小子。

當見到掛在瞳子脖子上、以少女而言過於不相襯的專業單眼相機時，狡噛下定決心。

方才充塞內心的無力感不知消失到哪裡。

「佐佐山……」

聲音因緊張而顫抖。

佐佐山對狡噛的不自然態度感到詫異，把臉湊到他身邊。狡噛指著瞳子的輔導紀錄資料要他看。看了一會兒，佐佐山睜大雙眼，似乎理解了狡嚙的用意。
確認佐佐山的表情變化後，狡嚙迅速從背後槍套拔出主宰者。
當然，槍口對準的目標是瞳子。
主宰者的啟動聲在腦中響起，直接與希貝兒連結的系統準備要算出瞳子的犯罪指數的瞬間……
「喂！笨蛋，你在幹什麼，住手！」
佐佐山大聲怒吼，把狡嚙手中主宰者的槍口往下按。
「你這是什麼意思！放開我！」
「我才想這麼說！你瘋了嗎！幹嘛突然用主宰者對準未成年少女！」
一拉一扯之間，主宰者在佐佐山手中吱嘎作響。狡嚙扭動上半身，想將主宰者抽回來，但佐佐山緊咬不放地纏住他。
「我只是想確認而已！她的行動太過可疑了。」
「就算如此！」
「只要她是清白的，根本不必擔心啊！」
「未成年人的色相很不穩定，被人用主宰者對準的話，難保不會對色相產生影響！」

的確，佐佐山的話很有道理，但平常老是採取不合作態度，現在才來義正詞嚴地說教，只會引來反抗心。

狡嚙將不肯放開主宰者的佐佐山一把拉過來，凶狠地瞪著他，眼角餘光見到表情害怕地望著兩人的瞳子。重感情的佐佐山肯定是同情看似嬌弱的瞳子吧。

「你為什麼要這麼袒護她？你那種感情用事的壞毛病該收斂一點了吧！」

「混蛋傢伙！不是這麼一回事！這孩子和那個案子無關！」

這幾個禮拜以來，狡嚙費盡心血調查案件。

面對這件打從一開始便不期待成果的無戶籍者身分調查案，狡嚙告訴自己，一定有某種線索存在，自我鼓舞，認真進行無止盡的打聽工作。

然而，佐佐山又是如何？

他的態度明顯說明他沒有幹勁，打聽的件數比其他執行官都少，單純只是來現場把菸抽完就回公安局，日復一日。

如此不認真的佐佐山，現在居然擺出一副知之甚詳的態度談論案件，也難怪狡嚙會生氣。

激烈的憤怒湧上狡嚙喉頭，壓迫他的呼吸。

他呼吸劇烈，不懷好意地反問：

「你有什麼根據？」

佐佐山不可能握有什麼根據，至少不可能擁有足以阻止他用主宰者對準瞳子的根據。

狡噛原以為佐佐山一定會對這個質問感到狼狽。

然而，佐佐山卻違背狡噛的猜想，直直望著他宣稱：

「基於刑警的直覺。」

狡噛瞬間覺得可笑。佐佐山根本沒幹多少刑警該做的事，竟說出「刑警的直覺」這種話。一想到他以為這麼說能增添自己在理論上的優勢，狡噛不禁冷笑。

但是，下個瞬間，狡噛就後悔露出這種表情了。

他人是一面能反映自己的鏡子。

倘若這句話為真，佐佐山現在臉上浮現的表情，就反映出狡噛剛才所犯的過錯。

佐佐山沒有發怒，只是悲傷地皺眉，瞇細雙眼。

從他嘴裡吐露的「你這傢伙……」這句話，已沒有剛才的朝氣。他凝視狡噛的眼睛，已被幽暗的失望所填滿。

狡噛覺得太陽穴附近滲出濕黏冰冷的汗水。

兩人雖仍近距離對峙著，但存在於兩人之間的不是憤怒也不是敵意，只有深沉的黑暗。

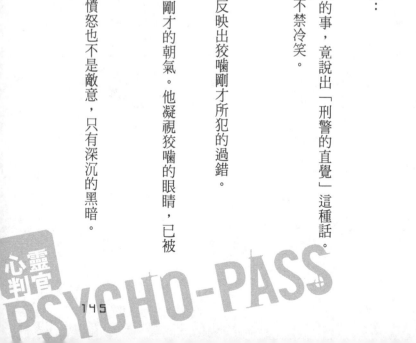

狡噛覺得自己把某種重要的事物拋捨掉了。

「刑警的直覺」是執行官和社會、和監視官連結的鎖鏈。狡噛剛剛卻主動把它丟開了。明知自己應該道歉，卻因自己犯下的錯過於嚴重而深受震撼，結果動彈不得。

發現有東西沿著臉頰滑落，狡噛總算回過神來。

不久，成千上萬的雨滴落在路上往來的人們與狡噛等人身上。

佐佐山對這陣驟雨輕聲咂嘴並往後退，從狡噛手上奪走主宰者，轉身慢步離去。

瞳子也小跑步跟在他背後。

兩人的身影消失在因驟雨而騷動起來的人群之中。

狡噛有種如果現在失去他們的蹤影，將來就再也沒機會見面的預感，因而疾聲呼喚佐佐山的名字。

在宛如會不斷變化的馬賽克拼貼畫的風景中，只有佐佐山的黑色背影明晰浮現。他轉頭說：「會淋濕的，快點回局裡吧。」

佐佐山的話在雨中變得模糊不清，他的視線落在狡噛腳邊。

第五章　誠實的王子

1

給公安局的光留先生：

你好～我是瞳子。

謝謝你前陣子在那位黑髮刑警面前袒護我。

我那時還以為自己一定會被判死刑呢……嚇死我了……

幸好有光留先生袒護我，我才能平安回到學園。

為了向你道謝，我寫了這封郵件。

我很擔心郵件是否能平安傳送到你手中。

所以一讀到郵件，請你務必馬上回信喔！

在那之後，我果然被老師狠狠訓了一頓，還遭到禁足一個月。

雖然我早就有心理準備啦……

剛好要放寒假，禁足一個月也不至於很痛苦。

反正我平常寒假都待在家裡。

雖然不能出門……

算了，反正跟往年的寒假差不了多少。

現在我正依照光留先生的建議，把家中身邊的東西全部拍成照片。

如果能拍出好照片，我就寄給你看吧，要給我建議喔。

說到照片──

光留先生，請聽我說！

是這樣的……你還記得我上次提過的攝影社的顧問老師嗎？

那個老師……

第一次……

對我的照片表示興趣了唷！

不覺得很厲害嗎？

就是我上次在扇島和你相遇時拍下的照片。
不知道光留先生是否還記得，我們不是遇到一個銀髮美男子嗎？
我拿那個人的照片給老師看，老師嚇了一跳。
他脫口說出「MAKISHIMA（註1）」這個名字！
說不定他們兩人認識呢！
換句話說，與其說老師對我的照片感興趣，更像是對那個銀髮男子有興趣才對。
就算如此，我還是超級高興！
因為我總算看到藤間老師微笑以外的表情。
光是這樣就足以讓我感到興奮！
我把那張照片傳給你，請給我一點建議吧！
雖然和平常一樣，又是一張超級模糊的照片。
呃……

註1：「槙島」的羅馬拼音。

把想寫的事情全部寫進去，結果就變成一封很冗長的郵件了。

真是抱歉。

寫到這裡，該說的話應該都說完了。

啊！忘了問一件事。

你和那個黑髮刑警和好了嗎？

雖然由我來說很奇怪，但希望你們能早點和好。

也請代我向他表達歉意。

嗯……

想說的事應該真的全部說完了。

真的是好長的一封信啊。

實在很不好意思。

那麼，如果有機會再見面吧！

工作要加油喔！

桐野瞳子敬上

雨下個不停。

佐佐山躺在沙發上，把香菸按在堆滿菸屁股的菸灰缸後，朝天花板呼出一口煙。

飄搖升起的香菸白煙被吊扇攪拌，溶解在黑暗之中。

奇妙的吻合。

佐佐山望向展開在眼前的瞳子郵件。

瞳子跟蹤名為藤間的教師，探訪廢棄區域。

在瞳子接受輔導的隔天被發現的標本事件被害人。

以及有血腥味的銀髮男子。

雖然前幾天佐佐山強力阻止狡噛用主宰者確認瞳子的犯罪指數，但是，她身邊確實存在許多可疑的現象。

佐佐山相信瞳子本身沒有問題。她身為平常受到嚴格控管的學生，想必有不在場證明。

令人在意的是那個名叫藤間的教師。

假如瞳子的話屬實，表示藤間也在被害人被發現的前一天到過廢棄區域。

另外，還有那個疑似名為「MAKISHIMA」的男子。

那名男子在佐佐山眼中顯得異常無比，全身散發出彷若超越者的氣氛。在那名男子眼裡，恐怕蟲子和人類並無分別吧。佐佐山對此有近乎確信的預感。

佐佐山最在意的是，不過是一介教師的藤間，怎麼認識這名絕不平凡的男子？

根據手上情報就把他們和標本事件連結在一起很危險，即便如此，佐佐山內心有個聲音告訴他，絕對不能小看藤間和MAKISHIMA。

但是，讓自己有這種想法的根據又在哪裡？佐佐山無法用言語說明。

「刑警的直覺嗎……」

喃喃自語後，佐佐山自嘲般地笑了。

不能和狡嚙討論這件事。

他現在完全不想這麼做。

佐佐山從菸灰缸中撿起相對乾淨的菸屁股點燃。焦臭味在口中散開，眉心皺紋又更深。

不告訴狡嚙的話，就算去調查那兩人，他又能怎麼辦？擅自行動只會讓自己的刑警人生走向落幕。

不過，真的演變成那樣也沒關係。

甜美的自我放棄感竄遍全身，佐佐山覺得渾身無力。

就讓自己在這裡結束吧。

瞳子的笑容在佐佐山的腦中閃過。

佐佐山的行動，也許會讓瞳子的戀情變成一場空；但他若因此裹足不前，一定會讓瞳子陷入危險。

這是他最無法接受的事。

佐佐山把手插入沙發縫隙裡，抽出一張照片。

照片裡有個少女把手按在頭髮上微笑，略顯下垂的眼角和佐佐山有點相似。

他想，幾天前才拍過和這張很類似的照片呢。

在觀景窗中微笑的瞳子，與照片中的少女身影重疊在一起。

2

「喂！」

第二分隊的監視官青柳璃彩，從默默凝視螢幕的神月背後出聲呼喚。

神月身體僵硬，不自然地轉過頭，正好和甩動前傾式鮑伯頭、以冷漠視線俯視他的青柳四目相交。

「你好大的膽子，居然敢在我值班時兼差。」

說完，青柳的手牢牢鉤住神月的肩膀，確認螢幕。

「嗯～」她斜眼看著急忙把原本在瀏覽的檔案關掉的神月，手掌逐漸施加力量。

「啊，好痛好痛，指甲……」

「藥品相關業者徹底清查完畢了嗎？」

「關於那個，呃，我立刻送到妳的行動裝置裡。」

說完，神月迅速整理在螢幕上展開的幾個檔案，完成傳送手續。戴在青柳左手上的監視官用行動裝置隨即發出電子聲。

青柳檢視過傳送進來的檔案後，露出滿意的笑容。

「嗯，很好。話說回來，你剛才在幹什麼？該不會想靠網路廣告賺外快吧？法律禁止執行官幹副業喔。」

她邊說邊用拳敲神月的頭。神月對她每一次揮拳都乖乖回應「好痛」，解釋：「不是啦不是啦！我在做分內的工作，真的！」

但是，只靠言語辯解無法阻止青柳的連續毆打，神月只好重新展開剛剛關上的檔案，讓她確認。

螢幕上顯示著「私立名門女子教育機關櫻霜學園」幾個大字。

「櫻霜學園……？你該不會在搜尋女高中生的穿幫照吧？你這混蛋！」

青柳的毆打更形激烈。

「就～說～不～是～了～嘛！真的是和標本事件有關的搜查啦。」

「標本事件？跟女校有什麼關係？」

青柳的詢問再度令神月僵住。他像人偶般靜止，只有眼睛滴溜溜地轉。

神月執行官雖是個老實的好孩子，但太老實也是個問題呢——青柳在心中如此咕噥，輕嘆一聲後，一把勒住神月的脖子，往上吊到危險邊緣，臉上徹底堆滿笑容說：

「不說的話，我就要讓你嚐嚐麻醉槍的滋味喔。」

「慢著，咦咦？這算是濫用權力的霸凌吧？我們執行官應該也有基本人權……」

「哎呀？你想跟我爭辯法律嗎？」

「不，沒事，對不起。」

「你明白就好。」

青柳從他脖子上鬆開手，神月掉回椅子上垂下頭來。

「說吧，你為什麼要調查女校的教師資料？」

「是第一分隊的佐佐山拜託我的……」

「第一分隊？為什麼第一分隊的工作是你來做？」

「呃，因為佐佐山自己不方便行動……」

青柳直覺感到事有蹊蹺。配合監視官行動是執行官的義務，因此正常說來是不可能委託其他分隊，甚至直接委託其他分隊的執行官協助調查。

「你說他不方便行動，就表示這件事沒有經過第一分隊的監視官同意囉？」

「關於這點我也不清楚……」

「喂。」

「沒有。」

果然如此，第一分隊的執行官想獨自搜查。

沒在監視官的指揮下獨自進行犯罪搜查是違反規定的。既然身為監視官的青柳得知這件事，自然不會睜一隻眼閉一隻眼。

「好吧，我明白了，我會和狡嚙討論這件事。」

「咦？啊，呃，可是……」

青柳把臉靠近狼狽的神月，引導他的視線望向霜村監視官的辦公桌。

「你還不明白嗎？我正在努力不讓這件事情鬧大而被我們老大發現啊，所以，你給我老實一點。」

霜村凡事追求成績，在他的字典裡並沒有「溫情解決」這句話。如果現在流於私情放任不管，萬一事情傳入霜村耳裡，肯定會演變成施予懲戒的大事。青柳希望這件事能盡量基於狡嚙以及和他同期的自己的判斷來解決。

「更何況，你也知道本分隊的老大把第一分隊視為眼中釘吧？你怎麼可以去幫忙呢？」

青柳豎起留著長長美麗指甲的手指，戳了戳神月的眉心說。神月一臉困惑地反駁：

「但老實說，我們的調查也碰上瓶頸了。醫療方面沒有成果，藥品方面沒有成果，而學者方面也碰壁了，所以，我是抱著抓住救命稻草的心情……」

「你說的這些我當然是承知之助啊（註2）。」

●註2：日語俚語，意思是「明白了」。

「承知之助……青柳小姐有時會用一些很奇怪的詞耶。」

「請說我這是風雅好嗎？」

青柳彈了一下神月的眉心。

「所以說，佐佐山要你做什麼？」

「果然有興趣嗎？」

「那還用問？跟你一樣，我早就受不了無頭蒼蠅般的搜查。而且，我可是相當看好佐佐山的搜查能力喔。」

如果佐佐山帶來的提示有用，就由第二分隊接手調查；順利獲得成果的話，就當成自己的功勞。神月認為從不掩飾這種貪心，是青柳值得信賴之處。

「他要我去調查這個在櫻霜學園任教、名叫藤間的教師。」

「藤間？」

「聽說他在發現被害人的前一天，被目擊到在廢棄區域附近徘徊。我實際調查後發現，這傢伙的經歷很不尋常……」

3

「十四歲時在廢棄區域被發現後保護帶回……？」

佐佐山邊用毛巾粗魯地擦乾淋浴後濕淋淋的頭髮，邊確認神月傳送過來的資料。

是關於櫻霜學園的社會科教師，而且是瞳子的心上人——藤間幸三郎的資料。

從附件的照片看來，藤間有一張溫柔的臉孔，左臉頰上有顆莫名嬌豔的哭痣，的確是女高中生會有好感的長相。

水珠從佐佐山的短髮上滴落，使顯像產生一絲雜訊。

藤間幸三郎，十四歲（推定）時流離失所，在扇島地下廢棄通道內被人權團體發現後接受保護。

他受到保護時是失去記憶的狀態。

因此，先前的經歷不明。

沒發現監護人。

沒有戶籍。

「沒有戶籍？藤間也是無戶籍者嗎？」

佐佐山坐到沙發上緊盯著資料，單手取出香菸點火。

他迫不及待地用手揮開在眼前升起的煙霧，繼續閱讀資料。

之後在兒童養護設施長大，比其他人晚五年從教育機關畢業。

本年度首次就任教師之職。

心靈健康，智力狀況良好。

他的成長幅度讓人感覺不到十四年的空窗期，獲得養護設施相關人士的高度評價。

「十四年間在廢棄區域當流浪兒，卻仍維持心靈健全？」

這種事真的可能嗎？

希貝兒不管對多麼細微的色相惡化都能正確判別出來，所以，這個國家的一般國民向來對希貝兒判定的結果或喜或憂，每天都很關注色相照護。

惹上司生氣，就照護色相；被戀人甩了，就照護色相；就連下雨吹風，也會努力照護色相。一般人的觀念裡，周遭環境就是對色相有這麼大的影響，實際上也確實如此沒錯。

然而，藤間卻從受到保護後直到最近都維持一貫的健全數值。

希貝兒對受保護的兒童特別寬待嗎？

以平等為宗旨的希貝兒，當然不具備那種功能。

還是說他服用了特殊藥劑？

這點雖然有可能，但長期服用如此強力的藥物卻不會造成精神上的問題也難以想像。

難道是與生俱來的高潔君子？

假如真是如此，對方等於是彷彿脖子上掛著「俗人」名牌的佐佐山所遠遠不及的人物。總覺得很奇妙。

疑惑有如滴在宣紙上的薄墨，在佐佐山的內心逐漸擴散。

佐佐山再次粗魯地以毛巾擦頭，水珠飛濺，造成顯像照片上的藤間臉部扭曲。

唯一能確定的是，這個名為藤間的男子被希貝兒認定為善人。

與犯罪無關、連隻蟲子也不敢殺的良善之人。

既然如此，藤間果然和這件案子無關吧？問題是，他又為何和被稱作「MAKISHIMA」的男子有聯繫？

思考不斷繞巡，永無止境。

香菸燃燒到濾嘴前，燙到佐佐山的手指，總算替思考帶來小小喘息。

4

這是何等恥辱。

憤怒使得狡噛腦袋充血，視野變得極端狹隘。

劇烈的憤怒充塞全身，狡噛在執行官隔離區的走廊上全力奔跑。

剛才被同期進公安局的青柳監視官告知的事實，在他體內奔馳流竄，令血液沸騰起來。

佐佐山瞞著他獨自進行標本事件搜查——這件事實被同期監視官，且是其他分隊的人指出，狡噛覺得顏面盡失，也令他產生一種過去五年來，拚命和佐佐山建立的信賴關係全部被捨棄的感覺，胸口一陣悶痛。

這股憤怒該對佐佐山發洩才好？還是該詛咒自己沒用？狡噛連猶豫的心情也沒有，只是一股腦兒奔跑。

途中經過執行官休閒室，征陸邀請狡噛小酌一番，但狡噛狹隘的視野容不下其他人存在。

他來到佐佐山的房間前，不按門鈴直接以監視官權限解除門鎖強行闖入，大步走過短短的走廊，打開通往客廳的門，怒目瞪視上半身赤裸、頭上披著毛巾的佐佐山。

「有什麼事嗎？狡噛。我才剛穿上褲子而已耶，你難道不能更注重隱私一點……」

佐佐山和平常一樣想要嘴皮子，講到一半發現狡噛的表情有異，立刻閉上嘴。

狡噛來他房間的用意很明顯。

佐佐山交互觀察在眼前展開的藤間幸三郎資料，與狡噛怒不可遏的表情，輕嘆一聲後陷入沉默。

佐佐山並不是沒想過會有這種情況，只是他沒想過一旦演變成這種局面時，該對狡噛說什麼才好。因為不管怎麼思考，也找不到能使事態好轉的話語，而且，他自己其實也不打算使之好轉。

佐佐山把只抽了幾口的香菸按熄在菸灰缸裡，視線追尋煙的飄動。

房內一片死寂。

狡噛先開口了。

「佐佐山，聽說你……去找第二分隊的神月協助你調查？」

「嗯。」

「除非是在監視官的指揮下，否則執行官不得擅自行動。」

「我知道。」

「既然如此，你為什麼不和我討論這件事？」

「和你討論又能如何？」

聽到佐佐山的話，狡噛屏息沉默。

見到狡噛的視線搖擺不定，佐佐山更進一步說：

「就算告訴你基於刑警的直覺，我覺得藤間很可疑，你又會相信嗎？」

「當然會。」

「真敢說呢。」

狡噛的聲音明顯有所動搖，佐佐山不禁冷笑。

「我啊！身為監視官，向來對執行官抱持信賴的態度。你實在不應該做出這麼不尊重我的……」

砰！佐佐山一拳打在矮桌上，打斷狡噛的話。

菸灰缸隨著巨響翻倒過來，落在地上。菸灰瀰漫，整個房間滿是菸臭味。對一切感到煩悶的心情，支配佐佐山的心。

「我早就說過了！」

佐佐山把飽含水分的毛巾甩在菸灰散落的地上，厲聲嘶喊：

「那種東西打從一開始就不存在！我們之間並沒有信賴，只有飼主和獵犬的關係！」

聽聞佐佐山這番話，狡嚙的雙眸燃起否定的火焰。這把火延燒到佐佐山身上，點燃他更凶暴的情感。

「狡嚙，之前我說刑警的直覺時，你對我冷笑了吧？」

狡嚙的心中頓時像被潑了一桶冷水般冰冷。

「嘴上掛著信賴，其實你根本不相信我。表面上裝出一副重視夥伴的模樣，實際上只把執行官當成腦筋壞掉的瘋狗。難道不是嗎？你的虛偽令人作嘔。」

佐佐山想要徹底否定眼前這名優秀且純真的男子。不知為何，佐佐山覺得自己擁有把他的信條、信念等全部破壞的權利。就算這份權利的代價，是他得拋棄自己擁有的一切也無妨。

不，應該說，就是因為他想拋棄自己擁有的一切，才對狡嚙張牙舞爪吧。

從佐佐山決心獨自調查藤間幸三郎的瞬間起，某種程度上他已有覺悟自己的刑警人生即將落幕。若是辦得到的話，他想在離開公安局前親眼看到事件了結，只不過現在這份心情也已被激動的情緒覆蓋，消失得無影無蹤。

「你這麼做不見得是壞事，甚至是理所當然的。身為執行官的我本來就應該恪遵分際。實際上，我也一直都這麼做。」

佐佐山說著說著，一股難以忍受的情緒湧上來。

「我只是覺得……很可笑……我何必做到這種地步也要巴著執行官這份職業不放呢……」

說到這裡，彷彿突然想到似地，佐佐山開始收拾散落在地板上的菸屁股。

在微亮的燈光中，弓著背蹲在地上的佐佐山看起來如此弱小，狡噛只能茫然望著他。

「記得你說過你不想用主宰者對我開槍？反正懲處我的方法多得是，看是要向上頭告狀或什麼都行。如此一來，我就會馬上被送回設施裡。總之隨你高興。」

佐佐山把整團菸屁股靈巧地拋進垃圾桶後，站起身說：

「但是，藤間的調查就由你來接手吧。不信任我也無妨，就當成是我的餞別禮。」

狡噛的行動裝置發出收到檔案的通知。

確認這點後，佐佐山靜靜地離開房間。

只剩狡噛一個人茫然站在無主的房間裡。

就算佐佐山不在，房內還是一樣充滿菸臭味。

自從佐佐山當上執行官後，這個房間長期被香菸薰著，菸味早已滲入牆壁裡，牆壁和電燈也因沾附焦油變得黑褐黏膩，明顯比其他房間更昏暗。這同時也顯示佐佐山身為執行官經歷過如此漫長的歲月。

狡噛認為，那意味著佐佐山至少曾認為執行官這份職業是有意義的。但是，剛才佐佐山的發言，明確表示他已無意繼續擔任執行官。

自從進入公安局後，狡噛的刑警生涯可說是一直和佐佐山生死與共。

這不算狡噛自願的，由於比狡噛更一板一眼的宜野座也在第一分隊擔任監視官，自然而然狡噛和佐佐山組隊的機會就變多。對狡噛來說，他甚至產生監視官的職務便是監視佐佐山的錯覺，似乎只要做好這件事，就算盡到自己的職責。

換句話說，一旦失去佐佐山，也等於失去職務上的依託。狡噛覺得雙腳踏著的地面即將崩解，連要好好站著都有困難。

「嗨。」

突然間，從背後傳來招呼聲，狡噛回頭。

征陸把酒瓶舉到臉旁邊對他說：

「要不要來我房間陪我喝一杯啊？」

說完，征陸深深皺起臉上皺紋，咧嘴笑了。

5

「抱歉，房間很亂。」

征陸迅速收拾放在地上的畫具後，邀請狡噛進房。

與征陸的發言相反，房內其實整理得很整齊，甚至可說冷清。

狡噛環顧空蕩蕩的房間，慢慢走進裡頭。

「坐吧。雖然沒什麼像樣的小菜。」

說完，征陸從廚房櫥櫃中拿出兩個酒杯。

「大叔……我對酒不太……」

「別這麼說，偶爾也陪陪我這個老人享受一下嘛。」

杯中冰塊碰撞的聲音在房內響起，征陸在玻璃杯裡注入琥珀色液體，遞給狡噛。

他的行動有種不由分說的氣勢，狡噛只能用雙手恭謹地接過杯子。

冰涼的感觸在雙手擴散開來，狡噛覺得自己的思考多少變得清晰。

在征陸的催促下，狡噛坐在廚房的圓形椅子上，無所事事地玩弄手上的杯子。冰塊閃閃發亮反射著燈光。狡噛沒來由地心想，記得這種琥珀色液體名叫威士忌。

「你最近怎麼了？」

面對征陸不明確的問題，狡噛吞吞吐吐地不知該如何回答。

「什麼怎麼了……」

「當然是和光留怎麼了啊。」

征陸說完，緩緩將杯子移到嘴邊，滿足地以鼻孔呼氣。

「嗯，好喝。」

他直接用手從冰桶裡抓起冰塊，在杯子裡追加一、兩顆冰，接著倒入威士忌。看在狡噛眼裡，他流暢的動作顯得十分可靠。狡噛決定張開沉重的嘴。

「大叔……」

「嗯？」

「那傢伙似乎打算辭掉刑警這份工作。」

杯中響起冰塊融化的喀啦聲。

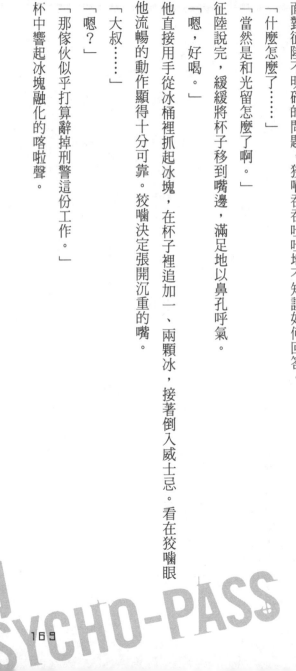

「果然……」

聽到征陸意料之外的回答，狡嚙抬起臉問：

「他有跟你說過什麼嗎？」

這次換征陸訝異地抬起頭來，他的表情逐漸顯出悲傷，糾結的眉頭在眼裡投下暗影。

「狡……你什麼都沒聽說嗎？」

狡嚙的心再度隱隱作痛。感覺剛才佐佐山擲出的言語長槍，又再度刺中自己。

「什麼意思？」

「如果光留沒跟你說，就不該從我口中洩漏出去。」

征陸仰頭一口氣喝乾威士忌，接著說：

「聽好，狡，人際關係不是基於職務上的必要而自然產生的。不管是面對什麼對象，如果不抱持想理解對方、配合對方的意志，就無法建立關係。你太過執著於監視官這個立場，反而疏忽這種部分了。」

征陸說完，對狡嚙微笑說：「懂吧？」他深思熟慮的笑容，使得卡在狡嚙胸口的疙瘩逐漸溶解。

經征陸提醒，狡嚙心想，這麼說來……

他在思考和佐佐山的關係時，總會把「身為監視官」擺在第一位。他身為一名監視官和佐佐山接觸，身為監視官信任佐佐山。但是，這真的能稱為真正的信賴關係嗎？倘若掛在嘴上的「夥伴」或「信賴」流於口號，只會讓佐佐山心寒。

佐佐山在打麻將時說過的話又再次於腦中復甦：

『應該關注的對象是人。』

狡噛反問倘若有無法關注人的時候該怎麼辦，佐佐山則是如此回答：

『不會有那種情況。那種狀況大半是因為你自己不打算關注人。』

當時只覺得那句話很刺耳，現在卻從中感覺到紮實的重量。

原來佐佐山從那時起，不，恐怕比那時更早，就發現狡噛的「夥伴論」有多麼不切實際。

「喝吧。」

思考陷入無限迴圈的狡噛被征陸勸酒，舔了一口琥珀色的液體。液體帶著讓人為之一醒的刺激，鼻腔被清爽的香氣填滿。喉頭發熱，胃部發麻，前所未有的口腔體驗令他天旋地轉。

但是，絕不是令人不愉快的暈眩。

征陸滿意地看著又喝了一口的狡噛說：

「雖然在和我們執行官打交道時劃清界線很重要，但是啊，狡，我們畢竟是人，而你也是人。締結關係的不是監視官和執行官的立場，而是兩個人。好好地正面衝撞你的目標，並跨越障礙吧。我相信你一定辦得到，狡。」

感覺胸腔火熱，恐怕不只是酒精的作用。

從內心深處湧現的某種情感推了狡嚙一把。

狡嚙向征陸輕聲道謝，站起身邁向房間出口。

一瞬間，一抹不安閃過，他回頭看向征陸。

征陸看穿他的心思，微笑地說：

「聽我說的準沒錯，酒不也真的很美味嗎？」

在這位熟齡男子的眨眼鼓勵下，狡嚙離開房間。

6

「哈啾！」

佐佐山的噴嚏聲響徹執行官休閒室。

冬季的休閒室很冷。

濕濡的頭髮從佐佐山身上奪走體溫，而且他上半身還是打赤膊，因而連打了好幾次噴嚏。

本想回房間，但總覺得狡噛還在那裡，令他提不起勁回去。

隨著體溫不斷下降，佐佐山的腦袋也冷靜下來。

或許說得太過分了……

腦中浮現留在房內的狡噛背影，感覺體感溫度又下降不少。

如果那是漫畫場景，恐怕會在頭頂上方加上「消沉……」的擬態語吧——方才的狡噛就是沮喪到這種程度。佐佐山試圖在腦中思考這些無聊事來逃避，但還是沒辦法。

說得太過分了。

如果真的想辭去執行官一職，只要默默遞出辭呈就好，佐佐山卻將判斷丟給狡噛，還對他冷嘲熱諷。

「都活到二十八歲，居然還對年輕人撒嬌，真夠丟臉了。」

佐佐山喃喃低語，用拳頭輕捶自己眉心幾拳。

沒錯，在撒嬌的其實是自己。

宛如因自己的心情不被了解、想吸引父母注意的小孩。

一旦吼過之後冷靜下來，反而能極度客觀地觀察自己的內心世界。

自己只是想要吸引注意而已，吸引狡噛的注意。總覺得如果是狡噛，一定能明白他內心的想法，所以才故意無理取鬧地傷害對方。

嘴上說監視官和執行官之間沒有信賴關係，自己卻比任何人更強烈地追求這一點。

羞恥和後悔油然而升，佐佐山更用力地捶著眉心，沒想到鼻涕也跟著流下，連忙擤起。

「我到底在幹什麼……」

「穿那麼少會感冒的。」

從背後傳來狡噛的聲音，使佐佐山身子一縮。

也許是來決定他的最終命運。

狡噛的責任感很強。關於佐佐山的處分，他必然不會請示上級，而會由自己親手解決。現在轉頭的話，肯定能見到面帶悲壯表情舉起主宰者的狡噛吧。

佐佐山做好生離死別的覺悟緩緩回過頭，但是站在他背後的狡噛，手裡拿的並非主宰者，而是外套。

狡噛抿著嘴默默遞出外套的模樣有種懾人的氣魄，使得佐佐山不禁伸出手。但他伸到一半突然清醒過來，連忙搖頭說：

「不，不用！不必了！」

「你的鼻水都流下來了。」

「呃，這又沒關係。總之我不想穿其他男人的外套，噁心死了。」

佐佐山在心中後悔地想「我怎麼又耍嘴皮子」，慌忙站起身。

「我要回房間！」

如果現在讓佐佐山回房間，又會回到過去的局面，於是狡嚙急忙出聲喊住正要起身的佐佐山。他不希望讓自己現在湧現的心情白費了。

「慢著，佐佐山！」

喊出的聲音比起自己所想的更大得多，嚇了狡嚙一跳。佐佐山似乎也被嚇到，背部顫了一下停住腳步。

「可以給我……一點時間嗎……」

聽到近乎乞求的聲音，佐佐山轉過頭，映入眼簾的是狡嚙仍直直遞出外套的模樣。那模樣是如此孤單無依，一點也不像待會兒就要送執行官最後一程。

佐佐山帶著反省，謹慎地開口：

「怎麼了？」

佐佐山一轉過頭來正對著他，狡噛立刻把頭大幅度地往前傾，大聲喊：

「真是對不起！」

狡噛低沉響亮的聲音，響徹執行官隔離區。

突如其來的道歉令佐佐山不知所措，低著頭的狡噛則不顧他的反應，繼續表示歉意。說繼續，其實也只是重複「抱歉」、「我……」等字眼，似乎不知道接下來該說什麼才好，吞吞吐吐反覆了好幾回，就只是不斷不斷對佐佐山道歉。

他是對什麼事「道歉」？「我……」的後面又想說什麼？沒頭沒腦的道歉令人難以捉摸。

但對佐佐山而言，這樣就夠了。

因為欲言又止的事實，以及拚命思考該說什麼的模樣，已充分顯現狡噛對他誠實以對。

正因狡噛是這種人，佐佐山才能自認在他底下善盡了執行官之責，坦然面對這段身為執行官的過去，甚至能笑說自己還能對他撒嬌呢。

佐佐山走向狡噛，把手輕搭在他的肩膀上。

「不必再說了，我明白。」

佐佐山語氣溫柔地催促狡噛抬起頭來，但狡噛頑固拒絕。

「不，我還沒有把我真正的心情傳達給你知道！連十分之一都……」

這種時候還舉出具體的數字倒是很有狡噛的風格。佐佐山對於連這種時刻都仍一板一眼的狡噛感到佩服，自己也變得異常坦率。

「不，我真的明白了。我也有錯。」

這次換狡噛對佐佐山的道歉感到動搖，他抬起頭來，嘴唇不停顫抖。

「我……」

「啊啊，好啦好啦，就說我明白了。」

「不，你一點也不明白！」

「明白了明白了。」

「你不明白！」

「喂，你很頑固耶。」

「佐佐山！」

「幹嘛啦！」

在一時互不相讓的爭辯之後，狡噛擠出底下這番話：

「請你……別辭掉執行官……我還有很多事……要向你學習……」

這名男子——

佐佐山心想，這名男子……

自己對於職責已萎縮的熱情，重新被他點燃了。

佐佐山挺直背脊正色說道：

「我不會辭職的。」

聽到佐佐山的保證，狡噛不由得欣喜地笑了。由於他的反應過於坦率，佐佐山也忍不住露出笑容。

「你真奇怪。」

「是嗎……？」

「……很少看到有監視官會向執行官道歉。」

佐佐山把手繞過似乎仍無法接受這種說法而歪著頭的狡噛肩膀，另一手握拳輕敲他的頭。

「意思就是，你真是個好傢伙啦！」

剛才裹住佐佐山的寒冷消失得無影無蹤。

不知不覺間，狡噛的表情也激動起來。恢復原本輕佻個性的佐佐山，又興起惡作劇的心情調侃狡噛。

「怎麼了？狡噛，你的臉好紅，該不會哭了吧？」

一如佐佐山所料，狡噛果然狼狽地辯解：

「不，這是……剛才陪大叔喝了一杯威士忌……」

聽到這句話，佐佐山仰天大笑。

征陸智己——最適合他的稱號果然是「刑事課的教父」吧。

之後，兩人第一次在佐佐山的房內一對一地喝酒。

對剛才的狡噛來說，佐佐山的房間只是個充滿菸臭味與酒臭味，墮落又令人難以忍受的空間；但是現在，和佐佐山共處的這個房間，卻像極了兒童時代建立的祕密基地，給予狡噛舒適的萬能感。

威士忌的琥珀色柔和地反射到整個房間，非常美麗。

狡噛想，這就是喝醉酒的感覺嗎？但他並未感到恐懼或有罪惡感，現在只想和佐佐山兩人一直窩在這種舒服的感覺裡。

狡噛變得前所未見地多話。佐佐山雖然和平常一樣，但也一點一點地說起自己的事。

「我的妹妹死了。」

從正上方投射下來的暖色系照明，在低著頭的佐佐山臉上留下陰影，遮去了表情，但與佐佐山的淡然語氣相反，反而凸顯出他拚命克制的激烈情感。

說完一句話，沉默，左右搖晃酒杯，送往嘴邊——不斷重複這樣的動作。

狡噛也不打算催促佐佐山，默默地做出和佐佐山類似的行動。

「我們一家就我和我妹、我爸三人共同生活。只不過我老爸是個大混蛋……來自網路廣告的微薄收入，全都拿去購買不明就裡的藥品，一整天待在家裡，成天茫茫然做著白日夢……他的腦子恐怕幾乎完全壞掉了吧。一旦藥吃完就開始發飆，找人出氣，把我們兄妹痛打一頓。」

希貝兒畢竟只是構築社會的系統，有避免干涉家庭內部問題的傾向。據說這是這個系統剛成立不久時引發過社會抗爭所留下的痕跡。

初次接觸精神的數值化——聲像掃描的人們，一方面對它的精確度感到驚嘆，歡迎這種前所未見的科技，但同時也會感到喘不過氣來，所以，當時無意義地訂立了許多限制希貝兒干涉個人隱私的法案。

現在那些法案幾乎都已形同虛設或廢止，但希貝兒盡可能不插手家庭內部問題的傾向一直沿襲下來。

換句話說，不管是怎樣的大壞蛋，只要不出門，就等於不存在。

話雖如此，由於國民有義務接受定期檢查，加上街上充斥心靈指數掃描器，現在家庭內的問題幾乎可說絕跡了。

只不過在極少見的情況下，仍有可能產生佐佐山家的不幸狀況。

佐佐山緩緩訴說：

「我被揍就算了，那隻毒蟲的拳頭對我來說不痛不癢。只是……那個混蛋……對麻理……」

講到這裡，佐佐山將杯子裡的液體一口氣喝下，粗魯地把杯子用力敲在桌上。他似乎感到頭暈似地用右手用力按壓太陽穴，慢慢地吐氣，接著取出一根香菸點火，深吸一口菸。

「我想殺死我老爸。」

「殺死」這個詞變成煙霧飄盪在房間裡，被低速迴轉的吊扇攪拌開來。

「某一天，因為天氣非常好……我突然產生這種想法，就揍了我老爸。揍著揍著，就把他揍到血肉模糊的程度。然後，我把那團肉塊拖到公安局前面……結果就變成現在這副德性。」

佐佐山口中說出的過去過於沉重，連最後露出的輕佻笑容，在狡噛眼裡也顯得不忍卒睹。

「真奇怪……我以為會被當場射殺呢，但我的數值似乎頂多只到麻醉槍模式的程度。或許是因為那個混蛋老爸最終甦醒過來了吧。過程我不明白，總之我被貼心地送進更生設施，現在則成為一頭忠實的獵犬。」

說完，佐佐山將吸到只剩一點點菸屁股的香菸，插進塞滿滿的菸灰缸裡按熄。

「但是我很滿足。至少妹妹得救了，我也不討厭執行官的工作。我覺得自己正在做的事，間接也算是在保護她吧。但是……」

說到這裡，佐佐山為之語塞。他用指節粗大的手抱著頭猛抓一通，彷彿要抓出血。

「但是……她還是死了……是自殺的……遺書裡寫著『我好寂寞』……」

細碎呼出的氣息，暗示佐佐山正拚命忍住嗚咽。幾滴閃閃發亮的水珠，在垂頭形成的陰影中落下。

「我做的事情只造成她的孤獨。原本三人相依為命的家庭……完全被我破壞了。只為了我自以為是的正義感……」

接著他用拳頭用力捶打膝蓋。這種粗暴的行為令狡嚙感到不安，但也無能為力。

他只能屏住呼吸，凝望著佐佐山。

「就算接獲她自殺的消息，我也沒辦法去參加喪禮……我……一直以來……究竟在搞什麼……」

經歷短暫沉默後，佐佐山擤擤鼻涕，抬起臉來。鼻頭雖仍紅紅的，但臉上已沒有淚水。

狡嚙認為，佐佐山是個很堅強的男人。

狡噛一直很羨慕這名男子的強韌。

只是沒想過在他的強韌背後，竟然有這般激情。狡噛覺得自己很丟臉，一口氣把酒喝光。

「總之，大致像這樣吧……這陣子我一直拿你出氣，其實不是你的問題。我覺得腦子一團亂……不斷思考自己為什麼要當執行官，繼續做這種事有什麼意義……」

佐佐山的話再次擴大狡噛心中的不安。他想不到有什麼方法能結束佐佐山的悲傷，顫動嘴唇卻什麼話也說不出口。

沉默再度來臨。這次是很長的沉默。

酒杯中的冰塊逐漸溶解，在房裡發出清脆的聲響。

幾經躊躇，狡噛總算開口：

「別辭職啊……佐佐山……」

結果，他頂多只能擠出這句話來。

狡噛沒辦法治癒佐佐山的創傷，只能將自己需要佐佐山這名人物的事實傳達給他知道。這是狡噛現在唯一能做的事。

不管佐佐山自己怎麼認為，狡噛確信他擁有守護的力量。他具備了監視官終究獲得不了的深刻洞察力、敏銳的直覺，以及不惜犧牲自己也要守護某物的強韌精神力。

狡噛想，這才是真正的「刑警」。

超越執行官或監視官立場的「刑警」。

被狡噛筆直凝視的視線所射穿，佐佐山感到有些心虛。他覺得自己沒辦法回應眼前這名男子的真誠期待。

即使如此……

畢竟是已放棄過一次的人生。

就算將這條性命託付給眼前這名年輕小夥子也無妨吧。

佐佐山微笑，靜靜地點頭了。

第六章　打倒邪惡巫師

1

日本有一種「準日本人認定制度」。

二〇二〇年代以後，起源於歐洲的全球規模金融危機，造成各國的政府機能崩壞。為了保護自國不受日益激烈的國際紛爭影響，日本斷絕與他國往來，進入鎖國狀態。

因此，日本國境嚴格限制外國人進出。但是，如果能滿足某些條件，外國人也能獲得在日本國內生活的許可。

這就是「準日本人認定制度」。

首先，希望入境者必須暫時居留在位於九州的特別區域。

在那裡簽下願意接受希貝兒先知系統管理的同意書並測量心靈指數後，得在規定的教育機關裡取得日本語言、風俗與法律的學分，才能做為「準日本人」在日本國內生活。

雖然準日本人在參政權和表演活動上受到一定程度的限制，但基本上和其他日本人一樣享有生活保障，能同樣接受希貝兒的恩澤。

但是這些準日本人，幾乎沒有人從事希貝兒指定的職業。

在這個全球經濟崩盤的年代，能遠渡重洋來到日本的人屬於極端少數，這些人大多擁有龐大的資產。

有的人沉浸在興趣裡，有的人則是熱心經營慈善事業。為求安全而來到日本的他們，通常會用下半輩子來慢慢消耗自身資產。

阿貝爾．奧托馬吉也是這樣的準日本人之一。

奧托馬吉來到日本後的二十幾年間，持續投入廢棄區域無戶籍兒童的救援行動。

他的舉動獲得大多數其他人權派準日本人的贊同，他所經營的ＮＰＯ法人現已成長為日本最大的人權組織。

年末冷風彷彿要扯掉奧托馬吉的稀疏頭髮般瘋狂呼嘯。

奧托馬吉搖晃著屯滿脂肪的便便大腹，穿過藤間學園大門。

藤間學園——奧托馬吉參與營運的私立兒童養護設施。他過去救出的幾名兒童，從這所學園畢業後在社會上立足。現在恭敬地垂下滿頭白髮的頭迎接奧托馬吉的女性，是這所學園的園長。她背後有來自各年齡層的數十名兒童等候著，個個露出渴望的表情。

奧托馬吉想，這個國家是構築在希貝兒先知系統之下的超格差社會。

日本國內的經濟活動形成一套完整的封閉系統，財富基於希貝兒先知系統的職業適性考察，近乎平等地分配給全部國民，每個人都能平等地享受富足的生活。

前提是，在希貝兒先知系統的管理之下。

希貝兒對於自己的子民從不吝惜慈愛，但對遠離她的人民則不聞不問，幾近冷漠。

在廢棄區域長大的無戶籍兒童，正是被希貝兒甩在一旁的對象。

沒有戶籍的他們，自然也沒被登記在希貝兒先知系統裡。對希貝兒來說，那等於不存在。因此，他們全然無法獲得其他多數國民理當享有的希貝兒恩典，被迫在難以想像的環境中過活，而且幾乎所有國民都不知道這種現況。

信奉希貝兒的日本國民，恐怕壓根兒無法想像竟有脫離希貝兒控制的人民存在。

正因如此……

奧托馬吉心想，在這層意義下，這可說是個完美社會。

——在沒有人期望這種狀況有所改變的意義下。

奧托馬吉費盡心血，希望盡可能把多一個無戶籍兒童帶到陽光下，讓他們能站在接受希貝兒恩典的立場。他會定期到廢棄區域視察，並要求政府拆除廢棄區域。

由於這個時代日本人口大幅減少，因此這類大規模的拆除作業遲遲未能推行；但就保護無戶籍兒童這一點來說，奧托馬吉自負已達到一定程度的成果。

眾人無不大力稱讚奧托馬吉是一位品德高潔的人權運動家，但他自己很明白並非如此。

他之所以熱衷於維權運動的理由只有一個。

只不過是想打發時間罷了。

奧托馬吉來到日本的時候還不到三十歲。以在安全之地無所事事地度過餘生的年齡而言，他太年輕了。

就像在享受獵狐一般，奧托馬吉享受著無戶籍兒童的救援行動。

奧托馬吉被學生們簇擁著走在學園之內，每個人都對他表達謝意，說自己是在哪裡受到保護、詢問他是否還記得自己之類的，親熱地向他攀談，但這一切對奧托馬吉都沒有意義。

他真正投注心血去做的是廢棄區域兒童的獵捕行動，一旦獵捕到手，他們之後有何遭遇，他一點興趣也沒有。

實際上，訪問藤間學園是他十幾年來頭一遭。今天是因為園長懇求「學園要舉辦十週年紀念會，請您務必賞光」，不得已才來參加。

他被孩子們牽著手來到小型講堂，會場準備了聊備一格的自助餐點，裡頭有幾名認識的準日本人在談笑。他們身旁堆滿各式各樣的點心或玩具，孩子們爭先恐後地圍繞在禮物堆旁。見到這幅景象，奧托馬吉不禁詛咒自己的失策。早知道這些人也會來的話，他就會準備一些小禮物贈送給孩子們。奧托馬吉轉過身，打算打電話叫人送點東西過來時，熟人之中有人出聲呼喚他。

奧托馬吉偷偷咂嘴，並對他們露出完美的友情笑容，這時喇叭播放音樂，紀念會開始了。

在散漫的時間中，幾組兒童上台表演遊戲，奧托馬吉也被邀請上台發表簡短的賀詞。他流暢地說出諸如「別悲嘆自己的命運，努力充實自己」或「要回饋社會」等漂亮的場面話。

他一面舌燦蓮花地發表演說，一面不甚在意地環顧講堂，此時，一名青年映入視野之中。

青年有著一頭修剪得很整齊的淺色頭髮，臉上掛著柔和的笑容。他沉穩望著奧托馬吉的模樣甚至像個貴族。

也許是從事ＮＰＯ活動的準日本人吧。

奧托馬吉在記憶的抽屜裡翻找無數次，但仍想不出他是何方神聖。

青年看來約莫二十五、六歲前後，以藤間學園的學生而言，年齡太大了。

奧托馬吉邊關注這名不可思議的青年，邊完成演說。走下講台後，園長小跑步來到奧托馬吉身邊，滿面笑容地告訴他：

「那是今年畢業的學生！」

雖然對於園長過度興奮的情緒感到些許不快，但奧托馬吉依舊以笑容反問：

「今年的嗎？只不過他的年紀似乎有點……」

這句話令園長略顯不滿地皺起眉頭，但立刻陪笑說：

「哎呀，您不記得了嗎？他是十年前您策劃的扇島視察活動中帶回的男孩子呀！」

園長幾近自言自語地小聲說「我立刻帶他過來」這句話後，又小跑步到青年身旁，不由分說地牽著他的手來到奧托馬吉身旁。雖然事出突然，青年卻沒有特別慌張，在園長牽著手帶領下，來到奧托馬吉身邊。

奧托馬吉凝視慢慢走向自己的青年，抓住記憶的繩索，毫無困難地將「十年前」、「扇島」這兩個關鍵字結合起來。

當時的回憶一口氣在奧托馬吉心中浮現，他在青年的容顏中看見當年那名少年的影子，不禁倒抽一口氣。

真的是他。

過去受到奧托馬吉保護的無戶籍兒童中，在最悽慘的環境中被發現的那個孩子。但是，比起他身處的惡劣環境，「某個事件」更深深刻劃在奧托馬吉心中。

園長的視線在面對面的奧托馬吉和青年之間來回遊走，開始說明：

「他聽說您今天會來這裡，就拜託我無論如何都要讓他參加紀念會。明明之前連回來一趟也不肯呢。」

園長的話讓青年露出靦腆笑容，伸出細瘦的手和奧托馬吉握手。

「您好，初次見面，我是藤間幸三郎。」

由外表難以想像他的握力強大，令奧托馬吉有點吃驚。

「我一直想和您見一面，見您這位把我從扇島帶出來的恩人。」

謙和有禮的言語，以及極具清潔感的打扮。看到現在的他，恐怕沒有人能想像他過去是廢棄區域的無戶籍兒童吧。奧托馬吉佩服地確認青年的巨大轉變。

「您剛才的演講令我很感動，尤其是『要回饋社會』這句話……事實上，我現在也正在嘗試以某種途徑來深入社會。若是可以的話，希望您能提供我一點小小幫助。」

「哎呀！幸三郎，那真是太好了。」

聽見藤間的話，園長天真地拍手。

「如果您方便的話，我是否有這個榮幸登門拜訪呢？屆時我可以跟您討論我的構想。」

奧托馬吉的腦中閃過十年前的那件事。

他實在不怎麼歡迎藤間的拜訪。

但在「非得來我家不可嗎？」這句話即將脫口而出時，奧托馬吉發現其他準日本人聚集在自己和藤間身邊，便硬生生地把話吞了回去。

他感覺得到，四周的人們期待著他們兩人的「感動重逢」。倘若在這個場合對藤間擺出愛理不理的態度，自己「人權鬥士」的名聲會下滑。這對奧托馬吉而言是最為無法忍受的事。

對於藤間造訪自宅的擔憂，被自尊心蓋過了。

「當然沒有問題，等過完年後再說吧。」

「謝謝您，到時我再來和您好好討論我想嘗試的計畫。我相信您一定會贊同的。」

說完，藤間臉上浮現無比燦爛的笑容。

2

「就說了！這個叫藤間的傢伙真的很可疑啊！」

佐佐山雙手貼在霜村監視官的桌上大吼，讓第二分隊的刑警辦公室內緊張起來。

狡噛和佐佐山親自來向霜村監視官請求讓他們去調查藤間幸三郎，但是，對於主張搜查對象應該集中在醫學藥學相關人士的霜村而言，終究聽不進無禮訪問者的建議。在幾次你來我往的爭辯後，佐佐山終於爆發了。

「你這傢伙……注意你的口氣……」

「明明就是你不管講多少次都不聽吧！害我要拚命講不習慣的敬語，下巴都瘦了！」

第二分隊的刑警們害怕被霜村與佐佐山激烈衝突迸射出的火花波及，個個假裝埋首於工作。神月和青柳也不例外，拚命敲打鍵盤。刑警辦公室裡響起打字聲的大合奏。

「我才覺得下巴瘦啊，佐佐山。不管要我說多少次都沒問題，這起案件若不是有相當醫學或藥學知識的人，不可能犯下這種案件。但你們說的這個名叫藤間的男人，明明只是個社會科的教師，不是嗎？」

「所～以～說～」

佐佐山用力搖頭，整個人往前傾，靠近到霜村眼前。他講得口沫橫飛，甚至噴到霜村的臉上，使霜村的臉頰抽動個不停。

「你們就是一直把焦點集中在醫藥專家上，才會一無所獲不是嗎？設置搜查本部後都過了多久啊！」

的確，自從設置搜查本部後，已過了將近一個月，卻什麼成果也沒獲得。但被人指出事實時，總免不了情緒化，尤其是自尊心強的霜村更是如此。

熟悉霜村個性的第二分隊成員們聽到佐佐山不經大腦的發言，不由得在心中一起搖頭。

或許是感受到氣氛有異，狡嚙拉著佐佐山的外套下襬，和他咬耳朵。

「喂，佐佐山……」

「狡嚙，你也來幫忙一下嘛，來說服這個腦袋頑固的總指揮！」

刑警辦公室在場所有人均發出嘆息。

「佐佐山，你別再說了……」

被狡嚙制止，佐佐山不滿地退了一步。

「狡嚙監視官，有你陪同居然還放任這條瘋狗亂吠？」

霜村的聲音顯示他快發飆了，第二分隊的刑警們無不緊張起來。如果繼續惹霜村不高興（雖然已經惹得他很不高興），遭受池魚之殃的不是別人，正是他們。第二分隊所有成員帶著祈禱，期待狡嚙冷靜應對。

「我為佐佐山的失禮向您道歉，但是，藤間在被害人發現的前一天出現在廢棄區域是事實。我認為趁機改變搜查目標不失為一個好主意。」

不是這樣的！第二分隊的刑警們一起在心中吶喊。現在狡噛應做的是立刻道歉與退場。雖然歉意是表達了，但如果他用邏輯清楚的論點對霜村提出建議，反而會害事態無法收拾。忠於職務的狡噛不懂得何謂圓滑的處世態度，第二分隊的刑警們不由得怨恨起他的年輕。

「目擊情報？狡噛監視官，我記得我是命令你們去找出被害少女的身分吧？你們連個成果都沒得到，就開始收集嫌犯的目擊情報嗎？你們可真能幹。」

「不，我們當然也全力投注於少女身分的搜查。」

「這種話等拿出成果再來說嘴吧。」

霜村冷漠訓斥，狡噛抿嘴沉默。

「更何況，這個叫藤間的男人原本是無戶籍兒童吧？你沒掌握明確的證據就用主宰者對準他試試，會被人權團體怎麼刁難我可不敢保證。如此一來，事態會演變成不只是我們刑事課的問題而已，你當然也會被追究責任。」

果然這類過招還是年齡與資歷較深的霜村更高竿。正當第二分隊的刑警們輕拍胸口，以為事態將會隨著狡噛敗陣而落幕時，佐佐山再度開口：

「既然如此，只要有證據就好了吧！」

「問題不在這裡，我的意思是要你們別做出命令以外的行動。」

「難道不管多麼愚蠢的命令也只能乖乖照辦嗎？」

刑警辦公室裡再次充滿緊張氣氛。不出所料，霜村激憤地站起來。

「反抗監視官是違反職務規定的行為！你想被送回矯正設施嗎！」

事情演變到這個地步，再也沒人能阻止霜村了。一想到可憐的佐佐山執行官的末路，所有人都放棄地垂下頭時，狡噛走到霜村面前高聲說：

「真是對不起！」

並把上半身全力往前彎下。

「第一分隊會和先前一樣，全力調查被害少女的身分！」

受到很少見的狡噛後腦杓所震撼，霜村的氣憤一瞬間消解，視線在空中游移一番後，他慢慢坐回位置上。

「你們明白就好……」

「只是……」

「只是怎樣？還不趕快退下？」

「如果我們查出少女的身分，還請您務必考慮調查藤間的事。」

面對依然壓得低低的狡噛後腦杓，霜村感覺有些不舒服，小聲回答：「好吧。」

刑警辦公室又恢復原本的平穩氣氛。

佐佐山氣鼓鼓地大步準備離開辦公室時，神月輕拉一下他的西裝下襬。

神月的雙手拇指和食指比出把某物翻倒的動作，佐佐山表情凶惡地點頭。

今晚打麻將。

3

「不行啦！你們分隊的老大腦筋太頑固了！」

佐佐山說完，用力拍打麻將桌。在執行官休閒室裡，洗麻將牌的聲音響起。

「你跟我抱怨也沒用啊～」

神月苦笑著敷衍佐佐山，繼續洗牌。

「霜村先生是那種事必躬親的類型，所以，就算你們像今天那樣貿然跑去他的辦公桌前說：『藤間這傢伙很可疑，快點調查。』他也會鬧彆扭地不肯聽。」

「所以我才說他是老頑固！」

說完，佐佐山粗暴地把桌上的麻將牌亂攪一通。

「喂，別拿牌出氣。」

征陸面露苦笑規勸，佐佐山嘟起嘴，在一旁賊笑的內藤跟著幫腔：

「對嘛對嘛，真的很沒規矩耶。」

「吵死了，內藤你這混蛋。」

「啊，好痛！佐佐山大哥，你剛剛踩了我的腳吧！」

「誰叫你那麼得意忘形，你這笨蛋。」

「我的皮鞋是新的耶！」

「我就是說你這種地方很得意忘形。你是人妖嗎？」

「唔哇～這種發言是種歧視～」

「小鬼們，別光動嘴，快動手。」

兩人在征陸的一句話下停止脣槍舌劍，乖乖開始堆牌，簡直像某種古典家庭電影的一景，現場氣氛恢復奇蹟似的調和。

「話又說回來，真是驚人呢。」

神月邊從牌山摸牌邊說。

「沒想到監視官竟會那麼謙卑地低頭。對吧？狡噛先生。」

這麼說完，神月把不要的牌捨棄，視線朝向背後。彷彿在贊同神月的說法，圍繞麻將桌的四名執行官，視線同時集中在狡噛身上。

聽聞今晚要再次舉行麻將大會，狡噛拜託佐佐山、征陸、內藤、神月四人務必讓他參加。他認為在這種場合或許可以像上次一樣，從執行官們口中聽到百無禁忌的意見。因為人數到齊了，聽到狡噛表達想參加的意願時，四人一瞬間露出詫異的神情，但見到他真摯的眼神，便接受他的要求。

就這樣，狡噛以「參觀者」的身分參加今晚的麻將大會。

突然被拉進話題中心的狡噛睜大雙眼，不置可否地說：

「嗯……」

「狡噛先生完全是在袒護佐佐山大哥吧？我第一次見到監視官為了執行官低頭耶。」

狡噛回想自己今早在霜村面前的一連串行動，歪著頭表示疑惑。

「是嗎？」

這般不乾脆的回答讓神月不滿地揚起眉毛。佐佐山用鼻孔大大出氣，誇耀地說：

「狡噛和你們隊上那個禿頭可是不一樣的！」

狡噛這才發現那是對自己的稱讚，稍微臉紅了。

「反正我們隊的老大是頑固的禿子～」

神月嘟起嘴巴咕噥後，將身旁的罐裝啤酒一飲而盡。桌上有五顏六色的麻將牌，構成獨特的馬賽克圖案。從牌山裡摸牌，從手牌之中捨棄一張牌，默默地反覆幾次這樣的行為後，這次換征陸開口：

「那麼，結果如何？」

狡噛回答征陸的問題：

「現在只能先遵照霜村監視官的命令，儘快找出被害少女的身分。或許能從這條線發現些什麼也說不定。」

聽到這個回答，內藤急得甩動兩腳，眼眶紅潤地抗議：

「咦～不行啦不行啦！你以為我們詢問過多少人了！我的腳已經走到硬邦邦了耶～最近光聽到『打聽』這個詞，我就會開始肚子痛呢！」

內藤提出「會肚子痛」這種簡直像小孩子的抗議，讓在場所有人都傻眼了。

「我說你啊，我以前在搜查案件時，比這還要累人多了。」

「征陸先生，請不要像個老頭子一樣緬懷往事好嗎～」

「老頭子？」

征陸的眉毛抽動個不停。雖然內藤的搜查能力很平凡，但觸怒他人的能力可是無人能敵。而且，他這些舉動完全不帶惡意，所以被夥伴們視為「上下關係的破壞者」，又稱「官僚機構的新浪潮」，對他有種莫名的敬意。

「以前是以前，現在是現在嘛～現在又不是警視廳底下有幾萬名刑警，可以塞滿大街小巷的時代～」

「又沒多到能塞滿大街小巷……」

「刑事課的教父」碰到「上下關係的破壞者」也難顯神通。神月和佐佐山交互望向教父和破壞者，狡噛則對麻將桌上的氣氛不甚在乎，陷入思考。

「只不過打聽到現在，的確有陷入瓶頸的感覺。」

狡噛冷靜的分析讓現場嬉鬧的氣氛收斂起來。休閒室陷入寂靜，只剩打牌聲靜靜響著。

「總覺得……我們也許搞錯切入點了。」

佐佐山瞪著拈起的牌，喃喃說道。

「具體而言？」

「我也不知道。」

答完，他讓牌相碰發出喀嘰聲，接著粗魯地將牌捨棄後，替香菸點火。

「擴大搜索範圍？」

聽到神月的提議，內藤立刻發出悲壯的慘叫。

「別說這種可怕的事！可別因為跟你們分隊不相干，就提這種不負責任的建議！」

「喂喂，我們可是把全日本所有和醫學藥學相關的人物都清查過了。光論搜索範圍的話，我們第二分隊比較廣！」

神月氣勢洶洶地說。

放著開始互搥對方的神月和內藤不管，佐佐山心情沉鬱地嘟囔：

「搜索範圍嗎……總覺得問題不在這裡……」

沉默再度籠罩休閒室。

距離上次同一群人圍繞麻將桌已過了半個多月。這段時間裡現場所有人都盡了最大努力搜查，各種可能性都逐一試過，但沒有一個行得通，眾人已無法像上次那樣輕易提出感想。

為了忘卻沉鬱的心情，執行官們又集中在牌局上。狡噛的思考也陷入瓶頸，視線盯在執行官們身上。

在寂靜、酒味以及裊裊升起的香菸煙霧中，一張張被打在桌上的麻將牌發出不整齊的節奏。但是在這個節奏之外，底層持續有種連綿不絕的麻將牌碰撞聲。

乍看之下似乎沒人做出類似讓牌摩擦的動作。狡噛覺得不可思議，開始尋找聲音出處。是佐佐山。

他用右手遮住另一隻手，不停讓手牌像是輸送帶般交互輪轉，藉此來調整牌的排列順序。他做這個動作時，會發出摩擦的聲音。

只是他有玩弄手上東西的習慣嗎？正當狡噛快失去興趣時，輪到佐佐山自摸了。

佐佐山一自摸，立刻讓自摸牌用剛才的輸送帶手法滑進手牌裡，再若無其事地打出其他牌。他的動作很快，不注意觀察還以為他直接將自摸牌丟出去。

「佐佐山，你在做什麼？」

狡噛對佐佐山的舉動感到不解，開口問道。

三名執行官的視線頓時集中在佐佐山身上。

佐佐山疑惑地簡短反問：「嗯？」

「你剛才把自摸牌跟手牌對調了吧？」

狡噛一說完，執行官們同時露出一臉受不了的態度，齊聲責備佐佐山。

「佐佐山，你又在玩小手返那招了嗎？」征陸問。

佐佐山露出尷尬的笑容，怯怯地回答：

「咦？咦？我沒有啊。」

由於他的表情明顯在撒謊，神月和內藤都扭過身來責罵他。

「唔哇～真受不了～」

「自以為是麻將高手嗎！下流！」

「就說了，我沒那樣做啦！」

狡嚙沒想到自己拋出的小石頭竟會激起如此大的漣漪，急忙加入他們的對話。

「小手返是什麼？」

對於他的疑問，佐佐山一臉得意地回答：

「算是一種障眼法。這麼做能一瞬間交換自摸牌和手牌，將其他牌捨棄，如此一來便能讓其他人誤以為捨棄的是自摸牌。」

他說完，靈巧地讓牌在手中轉動，明顯對這招很熟練。

「啊～果然真的有做！」

「這已經變成習慣了啦，抱歉！」

狡噛心想，乖乖裝作不知道不就好了，他是笨蛋嗎？

「這麼做有什麼意義嗎？」

代替被眾人撻伐、說話結結巴巴的佐佐山，征陸開始說明：

「打麻將要從對手的捨牌來推測他的手牌有些什麼。例如說這個一筒。」

說完，征陸從自己的捨牌中拿起一張設計簡單、只在牌中央描繪一顆圓點的牌。

「這張牌是一自摸就立刻捨棄的牌，還是留在手上好幾回、最後總算捨棄的牌，將會大幅影響我們的推測。」

簡單說，如果一筒是一自摸立刻捨棄的牌，表示一筒在他想湊出的牌型裡重要性不高；倘若是留了很久才捨棄的牌，表示一筒可能原本很重要，但現在有更好的牌。

「這是作弊！作弊！」

「才不是作弊咧！」

內藤和佐佐山各執一詞，狡噛感到困惑，征陸幫忙解釋。

「雖然稱不上是作弊，但這種行為隱瞞了原本應該和其他成員共享的情報，所以不怎麼受到歡迎。」

被教父責備，佐佐山喪氣地垂下肩膀。

「把自摸牌和手牌調包，讓人以為自摸到的是其他牌……」

突然有一道靈光在狡噛的腦海中閃現，切開思考的暗雲，引進更多光芒。

「狡噛？」

佐佐山擔心地望著睜大雙眼、動也不動的狡噛。

同時，狡噛的思考仍在無盡的光芒中急速奔馳。

「我們……以為最早被發現的橋田是第一被害人……但真的是如此嗎……」

「啊？」

所有人都注視著狡噛。

「假如少女其實比橋田更早被殺害呢？因為橋田的死狀極其慘烈，給人強烈印象，成功地讓我們以為少女『和橋田一樣』，在被殺害後立刻做成標本！」

狡噛的話語引來執行官們一陣緊張。一截較長的菸灰從夾在佐佐山手指間的香菸掉落。

「我們一直在打聽遺體被發現前，關於少女的目擊情報。這樣是不行的！」

狡噛一說完立刻站起身，衝了出去。

「狡噛！」

佐佐山急忙把香菸捻熄在菸灰缸裡，追在他身後出去。

剩下的三名執行官茫然望著一場風暴離去後，互看一眼點了點頭，也爭先恐後地跟在他們兩人身後離開。

公安局綜合分析室——通稱研究室——瀰漫著濃密的玫瑰香氣，六合塚彌生在此小憩。逐漸朦朧的意識中，可聽見輕敲鍵盤的聲音。唐之杜似乎正在工作。

這裡是分析官唐之杜的城堡，同時是六合塚的休息處。注重打扮的唐之杜當然也非常重視香水，會定期更換搽在身上的香味。唐之杜現在喜歡的是名為「玫瑰色之影」的香水。

六合塚在充滿男人的職場感到疲累時就會來這裡歇息，陶醉在唐之杜愛好的香水味道裡。唐之杜有空的話，兩人會喝點茶，討論喜歡的化妝品。不過就算像現在這樣什麼都不做、什麼都不說的閑靜時光，對六合塚而言也一樣充實。

享受著唐之杜的氣息與香味入眠，對六合塚來說已是無比奢侈的興趣。

正當唐之杜的打字聲逐漸遠離，六合塚即將一頭栽進睡眠深淵時，分析室的門被打開，數名男子吵鬧的腳步聲闖入。

「唐之杜！」

無禮的入侵者大聲呼喚。

躺在沙發上的六合塚睜開眼，看見臉頰興奮潮紅的狡噛站在門口。奢侈的享受時光遭人打擾，六合塚難免不愉快地皺起眉頭。這時，佐佐山整個人湊了上來，靠近她的臉說：「咦？原來彌生在睡覺啊？來個清醒之吻……」

佐佐山還沒說完，六合塚立刻朝他的額頭揮出一拳並起身。轉頭一看，除了狡噛和佐佐山，征陸、內藤以及一個忘了名字的第二分隊執行官也在場。

「嗯？各位大爺在這時間登門，請問有何貴幹？抱歉，我可沒辦法應付你們所有人喔。」

坐在大型顯示器前的唐之杜在辦公椅上轉了一圈，向眾人表示歡迎。

「呃，抱歉，現在不是陪妳開玩笑的時候。」

傻眼的六合塚觀察不苟言笑的狡噛，心想真是個無趣的男人。唐之杜也掃興地聳肩。

「好吧，找我有什麼事？」

「我想請妳搜尋和被害少女臉部照片一致的圖片檔案。」

「什麼嘛，我不是早就說過找不到嗎？最近能閱覽的所有圖片檔案都搜尋過了，完全沒有符合的圖片。」

狡噛打斷唐之杜的發言說：

「不是最近的。」

「啊？」

「我想請你搜尋從過去到現在，所有能搜尋到的一切圖片檔。」

「從過去到現在……慎也，你是認真的嗎？」

「當然是認真的。少女被殺害的時間，很可能在橋田之前。」

聽到這句話，唐之杜的表情變了。

「原來如此……討厭，我怎麼會沒發現呢！犯人明明是『屍體防腐處理的專家』呀！」

「不管多麼微小的情報都行。我們必須找出……少女的相關資料！」

唐之杜迅速點頭，把辦公椅朝與剛才相反的方向轉回，面對巨大顯示器。

「從過去到現在所有的圖片檔案嗎……好……就以會讓我們的電腦系統當機的程度努力看看吧！相對地，慎也。」

「怎麼了？」

「如果發生問題的話，你要扛起責任喔。」

「放心吧。」

分析室裡大大小小的顯示器同時亮起，六合塚似乎感覺到地板發出低沉聲響。分析室裡原本的甜蜜氣氛為之一變，充滿了冷硬空氣。六合塚心想，其實這種感覺也不賴。

「找到了！」唐之杜高聲呼喊，男人們一起湊到顯示器前。

「這是十年前的官方報紙。『於扇島廢棄區域救出無戶籍兒童』……這張照片的男孩長相，和本案的被害少女近乎一模一樣！男孩的名字是……」

——藤間幸三郎。

報紙記載從扇島救出的少年，後來平安無事地進入兒童養護設施中，在那裡獲得「藤間幸三郎」這個新名字。報紙並刊載出他的照片。

少年稚嫩的臉龐，與被展示在偶像舞台上的那名少女，可說別無二致。

4

被方形窗框分割成好幾個區塊的天空層層疊疊籠罩著灰雲，細雪在空中隨風飄盪。

東京很少下雪。聽說很久以前不算少見，但瞳子有記憶以來只看過幾次雪。

她抓起枕旁的單眼相機，透過觀景窗窺探世界。

透過窗戶與觀景窗兩層隔閡所看見的雪，超乎預料地索然無味。瞳子很快就放下相機。學校同學現在應該都在積雪的庭園裡興奮地玩雪吧？一想到這點，就覺得被罰禁足很不甘心。寒假已經結束了，瞳子的禁足期間卻還要再過幾天才結束。瞳子充滿少女情懷地期待，如果這場雪能持續到禁足結束就好了……

瞳子走向房間門口，想說好歹把自家院子裡的積雪拍下來也好，但正常而言會自動開啟的門卻頑固地保持緘默。門鎖上了。

她嘆了口氣，飛撲到床上。

她被罰禁足前碰見了公安局名叫佐佐山光留的刑警，他教導瞳子攝影的訣竅時，曾說「先從自己身邊拍起」。那時瞳子覺得他說得很有道理，但是像現在這樣躺在房間裡，就覺得光這樣是不夠的，因為瞳子的世界現在是如此有限。

自從瞳子被禁足後，除了上廁所和洗澡以外，一律禁止離開房間。想上廁所時，就傳送郵件給樓下的父親請他開鎖。如此一來，瞳子才總算能上廁所，而洗澡也一樣。不僅如此，在她做這些事的時候，父親還會在旁監視她。

瞳子整個人埋在柔軟的羽毛棉被裡，微微發抖。

父親這種行為未免太異常。

父親原本就是個嚴格的人。由於瞳子的母親早逝，瞳子能理解父親會對女兒的教育特別神經質。但就算如此，鎖住女兒的房間、連女兒上廁所或洗澡時都要在旁監視的行為，總覺得已超出常識的範圍，簡直像在對待矯正設施裡的潛在犯。

事實上，父親過度的管教方式並非這時才開始。在瞳子年紀很小的時候，她在家裡的生活方式就是如此。年幼的瞳子當時以為那是很自然的事，但在進入櫻霜學園初等部和其他少女接觸後，她才知道自己家庭的管教方式和其他家庭大不相同。瞳子不懂，為什麼父親要像個監獄的看守般對待她？

「妳比其他人更骯髒。」

這是父親責備瞳子時常用的口頭禪。

「妳比其他人更骯髒，所以我必須小心翼翼地管教妳，讓妳別再繼續骯髒下去，妳卻不明白我的苦心。」

體型龐大的父親開始喋喋不休地老調重彈時就會變得很嚇人，年幼的瞳子只能在恐懼之中把身子縮得小小的。

但是，她總會想，自己究竟哪裡骯髒？

柔軟的羽毛被是超高級品，房裡也充滿各式高級家具。父親對她的愛情無須懷疑。但是……

一種難以形容的失落感自瞳子心中湧現。

這裡並不是自己真正的歸宿。

這種想法和對藤間的思念重疊在一起。

她確認行動裝置，發現沒有收到新郵件更加深了瞳子的孤獨。和佐佐山的郵件往來也只有那一次。瞳子希望得到更多關於攝影的建議，得到的答案卻是「暫時別接近藤間」這種事與願違的答案。

這世上該不會根本沒有能好好凝視她的人吧？腦中浮現這種想法，瞳子感覺胸口鬱悶。

她扭轉身體望向窗外，記得以前也曾看過像這樣被分割的雪景。

「我的……歸宿……」

雪花飄舞的模樣帶動了懷舊之情，瞳子再度把臉埋在棉被裡。記憶的碎片時浮時沉，把瞳子的思考誘往深處。

沒錯，記得以前真的看過像這般被分割的雪景——

搭乘黑色轎車，在溫柔大人們的簇擁下，瞳子望向窗外的雪景。瞳子興奮地看著雪花紛落，父親溫柔地撫摸她。

「爸爸，我們要去哪裡？」

「要去工作啊。」

「工作是什麼？」

「要去拯救可憐的小孩。」

大人們對父親的讚美，在幼小的瞳子頭上此起彼落。這令瞳子感到無比驕傲。

「小瞳子，令尊正在做很了不起的工作喔。」

「我們待會兒一起觀摩吧，一定會有很多收穫。」

「但是聽好，絕對、絕對不能離開令尊身邊。」

記憶如雪崩般一口氣湧現，瞳子整個人從床上彈跳起來。

她以前曾跟著父親到過廢棄區域。她為少見的雪景與不熟悉的風景興奮過了頭，將絕對別離開父親身邊的忠告拋在腦後，不知不覺間走失，在廢棄區域的街頭徘徊。

然後，她見到了。

在不知位於何方的深邃空間裡，有個裝飾得金碧輝煌的夢幻房間。

房間中央有個無主的王座，少年就佇立在王座旁。

在這個不管任何東西都如此閃耀的地方，少年露出更勝一切的燦爛笑容對瞳子說：

「這次換妳來當我的公主嗎？」

原來不是夢。這個自幼年時期開始浮現過無數次的印象，原來是自己親身體驗過的事。突然發現這個事實，瞳子心跳愈來愈快。

倘若如此，那名少年也不是夢中人，而是實際存在的人物。他現在究竟在哪裡？

激動得坐立難安的瞳子在房裡來回踱步。衝動使她緊握相機，黑色機身沾染了掌心汗水變得濕滑，差點從手中摔落，瞳子趕緊將相機背帶掛在脖子上。

樓下傳來門鈴聲。

這時她想起來，今天父親有客人上門，據說是以前被他救出的孩子。

瞳子心中莫名地悸動，她把身體靠在窗戶上望向大門口。

藤間幸三郎就在站在外頭。

瞳子心中無數的點與點開始聚合相連，接著迸裂開來。彷彿天啟般的靈光乍現令她暈眩。

為什麼一直以來都沒發現呢？明明他那細瘦的下巴、隱藏晦暗光芒的眼神、眼睛底下的哭痣，都和那名少年一模一樣啊！

藤間老師——果然老師就是那時的……

「老師！」

瞳子以所能呼喊的最大音量，將她的思念傳達出隔音窗外。

「老師！」

嬌小的拳頭敲打窗戶。老師、老師、老師，老師就是在那個下雪的日子對自己微笑的人。老師就是會帶自己離開這裡的人。如果在他身邊，自己一定不會再像現在這般孤單無依。

『這次換妳來當我的公主嗎？』

瞳子已不記得當年尚且幼小的自己是怎麼回答的，但是她有某種確信——當時無法達成的承諾，在不久的將來會開花結果。百感交集的瞳子不禁悲從中來，聲音被淚水沾濕了。

不管去哪裡都好……希望老師能帶自己離開這裡。

聽見瞳子的聲音，藤間抬起頭來。兩人的視線在雪花飛舞的空中邂逅了。

藤間一瞬間睜大雙眼，露出那張懷念的笑容。

「原來如此，妳就是那時的——」

5

細雪接觸地面立刻融化，變成寸步難行的泥濘。狡嚙和佐佐山踏著泥濘在扇島前進。

被害少女和少年時期的藤間面容極為相似的事實，令以霜村為首的刑事課所有人大為震驚。只要能證明藤間和少女之間有某種血緣關係，就能為搜查帶來飛躍性的進展。然而，霜村並不允許分析比對藤間和少女的ＤＮＡ。表面上的理由為藤間過去是無戶籍兒童、人權團體保護的對象，實際上多半是害怕搜查的主導權被狡嚙搶走，才會如此主張吧。結果，霜村仍舊命令狡嚙等人以搜查能確認少女身分的資料為最優先事項，關於藤間的資料，就這樣被埋沒在無數檔案之中。

只不過，試著把少女的目擊情報往前回溯後，還是帶來了新進展。狡嚙等人將焦點集中在長年居住在扇島的居民，以這些人為中心進行打聽，終於找出幾名宣稱看過少女的人物。

根據這些人的證詞，至少在十年前，扇島存在過一名和被害少女容貌相似的人物。目前尚未有決定性證據能證明該名人物和被害少女是同一人物，但狡嚙和佐佐山將之視為最後的救命繩索，決定朝這個方向徹底追查。

「該死，今天下雪啊，希望別變大了。」

佐佐山在冷風中聳起肩膀前進。狡噛也豎起大衣領子，縮著脖子。

「啊，應該是這邊吧？」

佐佐山窺探方形金屬油桶堆後方，找到一名全身裹在毛毯裡發抖的初老男性。

「呃……請問你是松田吧？抱歉，有些事想問你。」

見到陌生人大搖大擺地走進自己的地盤，松田露出警戒心。

「你……你們是誰？」

狡噛出示公安局的顯像身分證明，松田馬上拋下毛毯想逃離現場。佐佐山抓住他的後脖子，用威脅的語氣說：

「放心吧，我們今天不是來逮捕你的，你只要跟我們聊聊過去的事情就好。只要你肯合作，我們絕對不會拔出主宰者。但是，假如你徹底表現出不合作的態度，事情就另當別論。」

松田原本激烈掙扎的手腳失去力道，當場跌坐在地。

「你看一下這張照片。」

狡噛立刻提供少女的顯像照片給放棄抵抗的松田確認。一連串行動顯示兩人合作無間。

「有印象嗎？」

松田仰起頭來，彷彿要找回記憶般望著上方。

「不是最近也沒關係。十年，不，甚至更早以前也可以，你是否曾在扇島看過類似這名少女的人物？」

聽到「十年」這個詞，松田的眼皮跳動一下。

「這麼說來……」

狡噛和佐佐山上半身向前探出。

「我以前好像買過這女孩……」

「買過？」

「當然是買春啊。這女孩的營業範圍很大，這一帶的傢伙應該都受到她不少照顧。」

「買春」這個詞令狡噛皺眉。發現對方神色有異，松田急忙辯解：

「這已是很久以前的事！早就超過追訴時效了！我現在沒這麼做！也只嫖過她幾次！如果知道她是那麼可怕的女人，誰還敢嫖啊。」

「可怕？什麼意思？」

對於佐佐山的疑問，松田心不甘情不願地回答：

「一開始她只是隨處可見的妓女。不，說隨處可見不太對，她是我見過最年輕的妓女，所以每個人都搶著要買她。但是過了不久後，這傢伙染上很可怕的壞習慣。」

松田嘴唇顫抖，凝視皮包骨的指頭。等得不耐煩的佐佐山怒吼：

「別賣關子，快說！」

「我說！我說就是了！這傢伙從某個時期開始，把和她溫存過的男人全都殺了……碰一個殺一個，然後從男人身上拿走所有值錢的東西。所以不久之後，她還能賣的對象只剩新來的傢伙或喝醉酒的笨蛋。後來或許是沒客人上門沒辦法過活吧，她不知不覺間消失了……」

狡噛和佐佐山互看一眼。少女賣春並殺人——這些在外面世界無法見容的犯罪，在這裡卻極為理所當然地發生，而且還無人想管。狡噛從這件事感受到扇島扭曲的磁場，深感顫慄。

「除此之外，你還知道些什麼嗎？比如說她的住處，或是她的家人。」

「不清楚。就我所知，這傢伙總是獨自遊蕩。」

雖然得知關於少女的新事實，但仍無法從松田口中得到可確認身分的情報。松田給這兩名垂頭喪氣的刑警一點建議。

「去煉鋼廠附近打聽打聽吧，有位扇島資格最老的老爺爺住在那裡。他以前算是這個地方的顯赫人士。如果他還活著，你們或許能從他身上問出一點蛛絲馬跡。」

松田說完，指向鐵塔林立的扇島中心。

6

即使是空調完善的公安局，一到深夜也會充滿涼颼颼的空氣。

來自刑警辦公室的微光落在昏暗的走廊上，同時傳來值夜班的刑警們疲累至極的嘆息。

佐佐山彷彿要撕裂嘆息聲般獨自走在走廊上。

他的目的地是綜合分析室——唐之杜志恩的城堡。

來到分析室門口，發出紅色光芒的「LOCK」字樣拒絕佐佐山進入。

這不奇怪，因為情報分析女神目前沒值班。關於這點，一直到剛才為止都和她在一起的佐佐山再清楚不過。

佐佐山從胸前口袋取出唐之杜的ＩＤ卡，在門旁的感應器認證之後，大門的紅色守門員立刻改變表情，敞開胸懷。

佐佐山踏進去後，室內照明自動亮起，嵌入各處的機器發出聲響。由於那模樣簡直像等候主人回家的狗兒，佐佐山不禁自言自語：

「抱歉，你們的主人現在在我的房間睡覺。」

腦內閃過喝得爛醉不醒的唐之杜臉龐，良心微微刺痛。今晚佐佐山找了沒值班的唐之杜來他房間，用酒把她灌得爛醉後，偷偷從她胸口借了ＩＤ卡。

無關乎佐佐山的猶豫，背後的門自動關上。隨著門關上的聲音，佐佐山彷彿被人推了一把，直線朝著分析室的王座前進，深深坐在椅子上。

上面兩台、左右四台顯示器同時亮起，照亮了暫時的王者。佐佐山在刺眼的亮光中不由得皺起眉頭，開始敲打鍵盤。

「MAKISHIMA」。

他在公安局內的資料庫中搜尋是否有符合這個關鍵字，且沒通過街頭掃描器的人、被輔導的人、出身於矯正設施的人。很快就顯示出幾張大頭照，但沒有一個和佐佐山在扇島見過的那名男子一樣。

佐佐山微微嘆氣，從胸口取出香菸點火。

會有這種結果完全在他的料想中。事實上，佐佐山早就在自己的行動裝置裡查詢過了。在執行官權限所能存取的資料庫裡，並沒有找到任何「MAKISHIMA」的痕跡，所以佐佐山才會使出這種卑鄙手段潛入分析室。

接著，他將瞳子寄來的「MAKISHIMA」照片，從官方行動裝置傳送到分析室的巨大演算器進行影像處理。原本的照片非常模糊，經過處理後輪廓變得清晰了點，同時也鮮明地喚醒佐佐山的記憶。

「『MAKISHIMA』……」

佐佐山呼出煙，發出嘆息。

為何這名銀髮男子會讓他如此在意，連佐佐山自己都無法用言語說明。

前幾天打麻將時，在狡噛的靈機一動下，發現所有證據都指出標本事件和藤間幸三郎有某種奇妙的關聯性。當然，狡噛和他的搜查焦點也開始集中在藤間身上，但佐佐山心中有某種「事情沒這麼簡單」的確信揮之不去。

關於生物塑化藥劑的入手管道也是如此。不管怎麼想，區區一名社會科教師，都難有能取得這種物品的管道。換句話說，藤間必然有共犯，而且該名共犯是個擁有一般人絕不可能獲得的人脈的特異人物。佐佐山認為「MAKISHIMA」極有可能就是這名共犯，但是他沒有充分的證據能說服他人。

這件事還無法和狡噛討論。

這和過去基於對狡嚙的不信任而來的沉默是截然不同的。

佐佐山腦內浮現狡嚙對霜村低頭的模樣。

假如因為自己一時興起的點子，害狡嚙被耍得團團轉，只會使他的立場變得更艱難，這是佐佐山不願見到的。狡嚙很優秀，將來一定能在組織中爬到佐佐山難以觸及的崇高地位吧。佐佐山深深期望如此。他不想讓區區一名不良執行官的自己毀了這種可能性。總之，現在先確實搜索藤間和被害少女的關係；至於「MAKISHIMA」，自己再偷偷蒐集證據就好。佐佐山暗自下了這個決定。

掌握更確實的證據後，再告訴狡嚙關於「MAKISHIMA」的事也不遲。

他用經過處理後多少清晰了點的「MAKISHIMA」照片進行圖片搜尋。雖不知道憑這麼模糊的照片，能否得出正確的搜尋結果，但總強過什麼都沒有。

搜索範圍是全日本，且不限公共設施，包括設置於私有地內的私人監視器也加入搜尋範圍。正常說來，僅是一介執行官的佐佐山，沒有權限把圖片搜尋範圍擴大到非潛在犯的一般市民。能夠進行這種搜尋的，只有獲得監視官同意的分析官而已。

選擇「實行」後，視窗在佐佐山眼前彈出，提出警告。

『基於個資法，對公共地區以外進行圖片搜尋需要權限。請輸入密碼，進行認證。』

「果然要密碼嗎？」

佐佐山將叼在嘴上的香菸捻熄在菸灰缸裡，立刻抽出第二根菸點燃。動作流暢地點菸的同時，他迅速觀察周圍。理所當然，並沒有抄著密碼的便利貼之類的東西，分析室裡也沒有堆放大量私人物品的抽屜。佐佐山帶著些許猶豫翻找垃圾桶，但只找到幾個點心包裝，以及六合塚喜好品牌的已泡過茶包，就是沒找到線索。

剛點燃的香菸已燒出大量菸灰，前端彎曲，隨時都會掉落。

「別著急，冷靜，仔細思考。」

自我打氣後，他將菸灰慢慢彈進菸灰缸裡。佐佐山留下的菸灰和唐之杜的菸灰在同一個菸灰缸裡混合在一起。佐佐山閉上眼，在闔起的眼皮內側勾勒出唐之杜的輪廓。

——該關注的對象是人。

這是佐佐山過去對狡嚙說的話。這是他在不算長的刑警人生中，少數發現的兩、三件接近真理的事情之一。如果能仔細觀察並感受，一定能發現線索。

唐之杜的個性與其說認真，更近乎自由奔放，但她這種個性並非出於思慮淺薄，而是來自強烈的自信。像她這種類型的人最相信的就是自己。不管關係多麼密切，若不是情非得已，絕不會把心事說出口。當然，更不可能把密碼抄在便條紙上收起來，也不可能把父母的名字或戀人的生日設定成密碼。但是，她也不是會選擇毫無關聯的數列做為密碼的乏味人物。

思考糾結成一團，感覺有些喘不過氣，佐佐山躺向辦公室座椅的椅背，深吸一口氣。

混雜在自己吐出的菸味中，有一絲舒爽的香氣刺激鼻腔。是唐之杜的香水味道。

佐佐山年輕時自稱是個獨當一面的獵豔高手，對女性香水頗有研究。他對現在瀰漫在分析室裡的這種香氣有印象。

在濃烈的玫瑰香氣背後潛藏鳶尾花的芬芳、名為「玫瑰色之影」的這種香水，的確非常適合唐之杜。

瞬間，佐佐山腦內閃現某個想法，懶散地躺在椅背上的上半身猛然彈起。

他把游標移到密碼輸入欄，輸入香水的名字。

「Bingo！」

螢幕蹦出「搜尋中」的字樣，顯示搜尋作業進度的量條逐漸增加。佐佐山心急如焚地注視著顯示器，這時，從背後傳來分析室的門打開的聲音。

佐佐山立刻關掉顯示器電源，回頭一看，因長期值夜班的疲勞和睡眠不足、臉頰變得削瘦的宜野座伸元就站在那裡。

「佐佐山……你在做什麼？」

見到將高級西裝的鈕釦老實地每一顆都扣起的宜野座，佐佐山內心露出苦笑。這名男子比狡噛更不苟言笑。就算在這種狀況下告訴他關於「MAKISHIMA」的事，或自己對狡噛在刑事課的立場感到擔憂，他多半也不會相信，而且恐怕會嚴詞責備佐佐山不當利用ID與單獨進行搜查；稍一不慎，說不定連佐佐山的刑警生命以及和狡噛的信賴關係，都會斷送在他手裡。

宜野座的認真雖是種美德，但佐佐山的個性就是和他合不來。佐佐山慎重地挑選言詞說：

「我撿到唐之杜的ＩＤ卡。」

「唐之杜的……？她也太不小心了吧。」

宜野座皺起眉頭的模樣，刺痛佐佐山的良心。下次送一件很相配的洋裝給唐之杜吧。

「對啊。所以我想說這是個好機會，看能不能在分析室找到香豔火辣的A片！」

佐佐山的謊言使得宜野座的臉頰染成一片通紅。就算說是在希貝兒先知系統中純粹培養出來的，但身為男人純情到這種地步，仍讓人不由得擔憂。這種想法又引發佐佐山的嗜虐心。

「宜野老師，要不要一起看啊？」

「別開玩笑了，快回你的宿舍！」

果然，宜野座激動地命令佐佐山離開。佐佐山對於沒有餘裕確認他的話是真是假的宜野座一方面感到放心，一方面也不禁露出苦笑。

說實話，佐佐山覺得自己的兩位上司都是很可愛的青年。他們擁有佐佐山遺忘的事物。他雖不認為那全是好事，但也覺得一起共事時，這份可愛發揮了十足的效力。相信第一分隊全體執行官，沒有人討厭自己隊上的監視官吧。可以的話，佐佐山希望他們能維持這種心態，成長為一名了不起的監視官。但是，恐怕刑警這份職業並不允許他們保持這副模樣。一想到這裡，他更覺得宜野座的純真彌足珍貴，同時也感到不安。比狡嚙更死腦筋、更純真的宜野座，總有一天會像超過降伏點的金屬般硬生生斷裂。而且相較於緩慢的變化，那會帶給他更劇烈、更絕望的影響。

佐佐山凝視著同時是上司也是晚輩的宜野座。宜野座把滑落的眼鏡推回原位，回應佐佐山的視線。

「怎麼了？」

「宜野老師，你下次什麼時候休假？」

「下週的星期二……有事嗎？」

「嘖，果然湊不上嗎？你是故意把我和大叔跟你的班表錯開的吧？」

「啊？別說傻話了。」

宜野座在反駁時眼神閃爍，看來是被佐佐山說中了。

「算了，改天陪我一下吧？」

「要幹嘛？」

佐佐山做出把杯子傾斜的手勢做為回答。

「我不太會喝酒……」

「所以才拜託你陪我啊。」

宜野座嘟起嘴巴，心想這哪是拜託人的態度。

「偶爾也該聽聽長輩的話。」

「我有心理諮商就夠了。」

「你很笨耶，宜野老師。」

被罵笨，宜野座立刻臉頰抽動。由於同期進公安局的狡噛太過優秀，導致這名青年過度低估自己。過度的自我批判會引來因視野狹隘導致情感失衡的惡性循環。每次看到他神經質地整理好的後頸髮際，佐佐山總覺得他為何不輕鬆一點？但是，他也知道如果當面這麼勸告對方，反而會強化宜野座的反抗情緒。繼續留在這裡只會擾亂宜野座的心情，造成他的色相混濁，於是佐佐山站起身，朝門口走去。

「我是在說，我會教你比心理諮商更有幫助的事情啊。例如說，西裝的穿法。」

走過身旁時，佐佐山伸出一隻手解開宜野座西裝最下方的那顆鈕釦。

「看，這麼做的話，西裝的線條才能顯現出來，好看多了。」

「別做多餘的事！」

側眼望著急忙把鈕釦扣上的宜野座，佐佐山離開分析室。離開前，他對宜野座說了聲：

「找個時間喝一杯吧。」但被關上的自動門阻隔，聽不見宜野座的回答。

關於「MAKISHIMA」的事，就等日後有機會再查吧。既然藤間已浮現於搜查線上，只要自己的預測正確，「MAKISHIMA」一定也會被揪出來。

走在陰暗的走廊上，佐佐山的心思已聚焦在預定於明天進行的扇島煉鋼廠搜查。

第七章　沒有名字的怪物

1

扇島煉鋼廠最深處，藤間幸三郎憐愛地望著搖曳的燭火說：

「嗯，有這種程度的亮度就沒問題了。」

他身旁有無數蠟燭和各種形狀的電燈，散發出黯淡光芒。被來自四面八方的光源照射，藤間的影子在腳下有如花朵般綻開。

「你是隨便找幾台棄置在這附近的發電機牽電線過來的吧？電壓很不穩定。只靠電燈泡很不保險，像這種重要場合我總是搭配蠟燭一起使用。重要的裝置藝術可不能裝錯了。」

說完，藤間溫柔地撫摸全裸躺在長桌鋪上塑膠布而成的簡易床鋪上的奧托馬吉。奧托馬吉把身體彎成弓形，試圖閃躲藤間手掌的觸感，但牢牢捆住他的繩索和口塞，不允許他有更進一步的動作。

「你聽過斷筋活殺法嗎？據說以前這個國家的市場上有大量鮮魚流通，日本人最愛吃魚料理。為了讓魚更好吃，日本人研究出一種處理魚的方法，就是斷筋活殺法。說來不可思議，聽說魚如果死於痛苦，疲勞物質會充滿全身，味道就會變差。因此，過去的漁人會讓魚死於一瞬間，不讓魚感到痛苦。很有趣對吧？死亡瞬間感受到的痛苦，竟然會對肉體產生影響。」

藤間淡然解說的模樣，簡直像家政課的一景。原子筆照樣在他指頭上旋轉個不停，銳利筆尖反射著搖曳的燭光。

「所以我就想，假如是最後痛苦至極而死的肉體，痛苦或許會永恆留在其中吧？」

語畢，原子筆插進奧托馬吉腿上最白皙柔軟的地方。奧托馬吉隔著口塞發出悶聲慘叫。

「我相信一定很痛，但還不至於讓你昏厥，對吧？」

插入的原子筆在腿肉裡翻攪，隨著噗滋噗滋的聲音，黃色脂肪從傷口滲出。

「不必忍耐，更痛苦一點吧、更恨我一點吧。你愈痛苦、愈恨我，痛苦和憎恨愈會充斥你全身，變成更適合裝置藝術的肉體。」

說完，藤間拔出原子筆，將筆尖慢慢移向奧托馬吉的左眼。本能的恐懼讓奧托馬吉用力搖頭，藤間把他壓住，對他說：

「如果能一口氣把原子筆戳進你的左眼一定很爽快吧，但是用力過猛的話，說不定會傷害腦神經。害你失去意識就前功盡棄了，所以我必須慎重進行。」

藤間用左手按住奥托馬吉的頭，把他的眼皮推開，彷彿要點眼藥水般慎重地將原子筆的筆尖貼在眼球上。無視於身體自然反應流出的淚水，藤間緩緩加強手中力道。奥托馬吉的眼球逐漸凹成缽狀，顯示出彈力和耐久性，但很快就超出極限，噗滋，應聲破裂。奥托馬吉的身體開始痙攣，桌腳喀噠喀噠地響。

「希望你別誤會，我並不是虐待狂。我不覺得像這樣讓你的身體疼痛是件有趣的事，只是因為有必要才這麼做，僅止如此。所以……」

說完，藤間慢步離開奥托馬吉身邊，將視線朝向房間角落的那片黑暗說：

「妳用不著擔心，我絕不會傷害妳。因為妳是我好不容易找到的下一位公主……」

藤間的視線所向之處，有一張用破布、鐵絲、玻璃碎片等裝飾得美侖美奂的折疊椅，以及嘴裡啣著口塞、被綁在椅子上的瞳子。

今早，造訪瞳子家的藤間和奥托馬吉簡短地交談後，來到瞳子的房間說接下來要去扇島，要她準備一下。興高采烈的瞳子沒來得及對父親為何會允許這種事，而藤間又是如何解開房間門鎖感到疑問，立刻換上平常的制服，並把相機掛在脖子上。接下來，她順應藤間的要求，搭上他的廂型車。在車裡，她見到了流著口水躺在車內的父親模樣。

藤間靠近瞳子，憐惜地撫摸她豐厚的黑髮。瞳子的呼吸開始發顫，眼睛撲簌簌地落下豆大淚珠。藤間舔起其中一滴，如此說道：

「放心吧，用不著害怕。『邪惡巫師』全被我一個也不留地打倒了。如此一來，我們兩人又能在『城堡』裡一起生活。」

藤間在瞳子面前跪下，輕柔地親吻她顫抖的膝蓋。

「因為妳和令尊姓氏不同，害我沒能發現，原來妳是奧托馬吉先生的女兒……準日本人和日本人的婚姻難免惹人議論，令堂想必很辛苦吧……我的母親也……」

藤間開始說起往事。

「很久很久以前，有個地方……開玩笑的，來說個故事吧。我接下來必須花點時間把這個裝置藝術完成。妳有故事聽比較不會無聊。」

2

我以前是個王子。

就算這麼說，妳多半也無法理解吧。

但是我真的是王子，我妹妹則是公主。

我們兩個人在扇島的黑暗之中和母親一起過活。

母親總是驕傲地訴說她獨力在扇島生下我們的事。

我們是指我和妹妹。我和妹妹同時誕生於世，也就是所謂的雙胞胎。

底下這段話是從我那喝醉酒的母親口中聽來的，真實性有多高我也不清楚。聽說母親過去有過一段非常浪漫的戀情，就像王子與公主對彼此一見鍾情、宛如童話故事般的戀愛。

一如其他童話的老套發展，兩人的愛遭到禁止。不久，母親和父親被拆散了。

那時，母親的肚子裡已懷了我們。

母親雖然傷心沮喪，還是決定獨力扶養我們長大。

但不可思議地，隨著肚子愈來愈大，母親的心靈指數愈來愈惡化。日復一日，愈是感覺到在肚子裡成長的我們存在，母親的心靈指數就愈惡化。母親說這是「邪惡巫師的詛咒」，但誰知道呢？也許母親其實是憎恨我們的吧。總之，等到即將臨盆時，母親的心靈指數已惡化到差一點點就要被認定為潛在犯的程度。

繼續惡化下去的話，母親會被送進矯正設施。害怕和即將出生的我們生離死別的她，在某個下雪的日子偷偷逃出醫院。

但可想而知，心靈指數惡化的母親根本無處可去。

母親最後流落到了這裡。

她在這個房間裡獨力把我們生下來，在這裡築起屬於我們三人的城堡。

母親把我喚作王子，把妹妹稱為公主，從來不為我們取名字。

在這個地方宛如童話故事的角色般生活，對母親而言或許是最大的精神逃避。

想要把我們和世界隔離開來的她，從不願意讓我們離開城堡。食物和生活用品都是母親從其他地方帶來給我們的。包括妳現在坐的那張椅子，也是我母親找來的喔。

除了食物、生活用品外，還有各種形狀的燈泡、美麗的玻璃，以及色彩繽紛的布匹，母親每次撿回這些東西就會裝飾在房間裡。她總是對我們說：「這裡是世界最美麗的地方，不可以離開這裡喔。」

母親的努力有了成果，我們幸福地在這裡成長茁壯。

我們的世界什麼也不欠缺，什麼也不匱乏。

只是，母親後來迷上能讓心靈指數穩定的藥物，用身體去和住在這一帶的男人交換藥品。

不久，她一天之中呆呆坐著發愣的時間逐漸變多……某個晚上，她似乎很舒服地睡著後，再也沒有醒來了。

我們反而很高興。

因為我最重視的是妹妹，妹妹最重視的是我。

一想到這個世界變成只屬於我們兩人，我們就高興得不得了。尤其妹妹更是欣喜若狂，興沖沖地想在今後一手攬下母親守護我的責任。

妹妹果然依照她的宣言，如同過去母親所做的一樣，獨自到外面世界帶了許多東西回城堡。妹妹離開的時候，辛勤地用她帶回來的大量寶物裝飾城堡就成了我的責任。

為了讓外出的妹妹絕對會回來，我要讓這座城堡變成世上最美麗的地方。

等妹妹回來後，我就讓妹妹坐在裝飾得極為華美的城堡中特別燦爛的王座上。

坐在王座上的公主，與我。世上再也沒有比這裡更讓我滿足的空間。

這種生活又持續了好幾年，我和妹妹成長為少年少女。

妹妹的身體開始發育得凹凸有致，她搬進城堡裡的東西也逐漸昂貴起來。那種變化意味著什麼，雖然我現在已經明白，當時卻全然無法想像。我只能無所適從地看著她的表情變得一天比一天陰沉。

有一天，妹妹帶著無比開朗的表情回來了。

她全身沾滿血，手中捧著過去所無可比擬的寶物。

接下來我們的世界變得更美，也更充實。

「愛我的男人全都死了。」她說。

我打從心底尊敬能使用這種神奇魔法的妹妹。每天晚上，我總是仔細將全身沾滿血腥的妹妹擦拭乾淨。那一瞬間我感覺到無比驕傲且幸福。

然而，好景不常，末日乍然來臨。

某一天，渾身浴血的她臉色大變地倉皇逃回家。我問她怎麼了，她心驚膽跳地說：「我被邪惡巫師發現了，這座城堡一定也很快會被發現吧。」

母親與我們害怕的事情終於發生。

妹妹的存在被令尊那幫維權人士知道了。

高舉正義與博愛口號的他們，為了「保護」我們大舉入侵扇島。我們拚命守護的世界會被摧毀，而且我們無能為力，阻擋不了洪流。

我和妹妹兩人無所適從地摟成一團發抖。

就這樣不知過了幾個小時，仍在發抖的她在我耳旁囁嚅：

「愛我。」

她的手上緊握著平時用來解決獵物的原子筆。

3

在魔法森林深處的神祕城堡裡，王子和公主幸福地在此生活。

有一天，和平常一樣到森林裡尋找食物的公主被邪惡巫師發現了。

倉皇躲避逃回城堡的公主，了解到他們已經無法繼續過著這種生活。

公主心想，既然如此，不如乾脆殺死王子吧。

殺死王子，自己也自殺，這個世界便能永遠屬於兩人。

公主暗自下定決心，對王子說：

「愛我。」

她過去絕不允許王子這麼做。因為公主被邪惡巫師詛咒了，愛公主的人都會死去。

王子發著抖，輕輕點頭。

結果卻沒想到……

公主發現自己變得軟弱無力。連站也站不起來的公主被王子抱在懷裡，靜靜閉上雙眼。

那雙眼再也沒有機會睜開。

因為邪惡巫師也對王子下了詛咒。

只要是被王子愛上的人，都會立刻死去的詛咒。

4

我跨坐在妹妹身上，慢慢勒住她的脖子。

我難以接受。她居然片面地想破壞我們的……不，是我所創造的這個世界。

她的臉頰逐漸變紅，因血流被束縛在頭部而膨脹。她的喉嚨在我手中抽動了幾次後，再也不會動了。

我把妹妹的屍體放進撿來的冷凍庫裡，保存在比這裡更深、只有我才知道的場所之中。如此一來，我們的世界也會隨之永久保存，對吧？

在那之後，維權人士們並沒有來到我們的城堡附近。

我有聽說他們頻繁進出扇島，但或許沒辦法做出深入到這個最深邃之處的大規模搜索。我總算放下心中的大石頭，和冰霜公主一起度日。

只不過，和不會說話的妹妹一起生活，遠比想像的更無趣。我好幾次打開冷凍庫，撫摸她的臉頰，卻感受不到往昔的柔軟與溫度，只有凍結的堅硬觸感。我只記得從冷凍庫流出的冷空氣輕拂我的腳，讓人有點寂寞。

就這樣，在無所事事地過著每一天的我面前，妳出現了。

我不知道妳是如何來到如此深邃之處。幼小的妳不在乎高級洋裝和鞋子弄髒，順從自己好奇心的指示，入侵我的城堡。

妳的毛線帽和大衣肩膀上積了薄薄一層雪。

無主的王座深深吸引妳。妳眼神閃耀地望著我為了公主製作的王座，並對站在王座旁的我露出微笑。

那稚氣未脫的水汪汪大眼，晶亮地反射著蠟燭、電燈的照明或彩色玻璃片的光芒，筆直凝視著這個空間的創造者，也就是我。

我感覺妳的視線與妹妹過去望著我的那道視線帶有相同性質。

我世界的一切都集中在這道眼神的光輝裡。

一想到此，難以形容的喜悅從我內心深處湧上，讓喉頭乾熱。

「這次換妳來當我的公主嗎？」

我緊張得喘不過氣來，開口詢問，妳默默地坐上王座。

長期以來，我邊撫摸妹妹冰冷的臉頰，邊望著無主的王座，一直在等候這個時刻到來。

世界再度恢復絢麗的色彩，我和妳沉醉在完美之中。

可惜，我們的蜜月很快就結束。妳的父親和其他人為了找妳，來到我們的城堡。

在令尊等人的眼裡，妳和骯髒的流浪兒談笑，坐在用垃圾製成的王座上情景，想必非常駭人吧。尖叫聲一瞬間填滿整個房間。

一個發出怪異尖叫的女人衝上前抱住妳，順勢把王座扯倒。

消毒噴霧到處噴灑，彩色布料與閃亮碎玻璃裝飾轉眼間被染成純白。

倒在房間角落的母親腐朽遺體被人踩碎，當踩碎者發現那是遺體時，現場又陷入更嚴重的混亂。

在這場騷動中，妳驚慌失措地哭叫，許多大人圍上去，讓妳服下有淨化心靈指數作用的補給品。一旁的大人們看了我一眼，皺著眉頭確認自己的色相變化。

在我眼前，世界的一切輕易變質了。母親對我訴說的故事、我所營造的世界，對於在我眼前的大人們毫無意義。不，豈只沒有意義，甚至是令人作嘔的毒害。

自以為是王子的我只是一隻骯髒的怪物，我以為是城堡的地方不過是怪物的巢穴。

回過神來，妳已經不在，大人們也大多離開了，只剩幾個兒童養護設施的關係人士與心靈諮商師。他們不像剛才的大人那樣驚慌失措，輕聲細語地問我：

「你的名字是？」

我不知該怎麼回答，因為我連名字都沒有。

「我沒有名字。我什麼也……不記得了。」

這個瞬間，我決定把我的城堡藏在自己內心深處，連同冰在冷凍庫的妹妹一起藏住。

如果是在心中，再也不會有人能闖入。

我的世界總算能變得完美。

在那之後，我度過十分平穩的日子。

大人們一開始以看待怪物的眼神看我，但在明白我的色相十分潔淨的瞬間，他們的反應變了。我被評價為在惡劣環境中成長，卻仍能維持心靈指數純淨的純真少年。不管是在養護設施裡，或是之後的教育機關裡，我都受到鄭重的對待。

我對這樣的對待沒什麼不滿。我瞞著天真的大人們進出扇島，和沉默的公主互訴心事，以當作平日的寄託。

直到不久前……

妳當然明白令尊奧托馬吉先生是維權人士的第一把交椅吧？

今年六月，長期以來眾人默認其存在的扇島，終於要被正式拆除了。當然，這個議題過去也曾浮現過好幾次，但從來沒有這麼具體地派出拆除業者來過。這一切都有賴令尊以及橋田議員的努力。

我的世界又將面臨變化的時刻。

我已經無法繼續把妹妹藏在扇島。這個事實，彷彿給了我某種天啟。

既然藏不起來，乾脆將她展示在這個世間吧。

對世人公開她的存在，如同我將世界刻劃在自己心中一樣，我要把我們的世界刻劃在這世上所有人的心中。於是，我把沉眠於地下的睡美人帶到陽光底下，對人們如此呼喊：

「我們在這裡。」

為此，我需要盡可能強烈的方法，也需要幾名能襯托她的犧牲品。

我和妹妹的世界很快就會了結。只要把妳父親——最後的邪惡巫師當成犧牲品獻祭就行了。接下來，就由我和妳一起共築新世界。我們又能共續在那個下雪的日子裡中斷的夢境。

5

「今晚你的話似乎特別多呢。」

銀髮反射著搖曳的燭光，槙島聖護對著藤間的背影開口。

聽到熟悉的聲音，藤間露出安心的微笑回頭說：

「因為我太高興，忍不住就多話起來。」

瞳子難以置信地瞪著兩名談笑的男人。在這兩人的笑容旁邊，父親沾滿血腥的肉體仍未斷氣地蠢動著。

或許是注意到瞳子的視線，槙島轉而注視瞳子。

「她呢？」

「她是我的新公主。等她的父親做成標本後，我和你的遊戲就結束了。我將和她一起建立我們自己的城堡。」

藤間欣喜地說。與此相反，槙島則毫無感動，只答了聲：「喔。」

瞳子不知第幾次遭噁心和頭暈侵襲。藤間剛才滔滔如江水地說出的每一句話都非常井然有序，瞳子對其內容卻連一分一毫也無法理解。

一起建立城堡？

的確，在瞳子的回憶中，年幼的她與少年藤間的相遇，以及藤間所在的空間——城堡——是如此美好。為了追尋這段回憶，她才會迷戀藤間，並在廢棄區域遊蕩。然而，實際情景卻是和瞳子的回憶迥然不同的駭人事物。

不僅如此，自己現在正逐漸被加進這種駭人事物中的感覺，強烈地磨耗著瞳子的精神。她低下頭，見到斜躺著的黑色單眼相機，圓形鏡頭倒映出兩名男子的扭曲模樣。

腦海中高速地重複播放佐佐山回覆的郵件內容：「別接近藤間。」

為什麼，為什麼，為什麼，為什麼……

為什麼，自己……為什麼，那時……

無數疑問在瞳子腦中浮現，但她完全沒辦法處理，只能任憑疑問沉澱淤積在內心底層，使得思考混濁起來。在即將被思考的汙水淹沒前，瞳子試圖呼喚佐佐山的名字，然而在口塞的阻塞下，由口中發出的求救頓時破碎，只化為嗚咽，填滿瞳子腳邊。

藤間憐惜地凝視著瞳子，繼續訴說他的故事：

「他叫槙島聖護。妳拍過他的照片喔，應該還記得吧？為了找尋展示妹妹的最佳方法和陪葬的祭品，我上街遊蕩時被聖護喊住了。我想他多半具有能嗅出他人殺意的神祕力量吧。」

說完，藤間瞥了槙島一眼。槙島不置可否地聳了聳肩。

「聖護老弟給了我一種神奇的藥水，能讓人體化為標本的神奇藥水。」

瞳子滿腦子混亂，藤間的話沒有半句能傳入她耳裡，徒然從她嗚咽低頭而顯露出來的後腦杓上方滑過。

槙島問：「然後呢？接下來你打算怎麼做？」

「我會在扇島找個適合的城堡，在那裡生活吧。我曾經覺得扇島就這樣消失也好，但和她重逢後，我的想法改變了。」

藤間說著，在手中漂亮地轉動一下沾了血、脂肪與肉片的原子筆。

「選擇橋田和奧托馬吉來當祭品是正確的。雖說只是順便，但只要沒有他們，就沒有人推動廢棄區域拆除運動。我相信昔日的扇島又會復活的。」

藤間再次把原子筆插進奧托馬吉的肌肉裡，滿意地微笑。

第八章　祕密的搖籃

1

扇島煉鋼廠周邊的搜尋狀況極度混亂。

這個位於扇島中心、構成扇島根基的設施，成立以來已歷經一百三十年以上的歲月。自高爐的產業燈火消失後，在鄰近居民的改造下獨自進化。在地下往四面八方延伸的工業通道，經長年累月毫無計畫地擴張，連本地居民也沒辦法掌握全貌。

在這個沒有正確地圖的地方，第一分隊的刑警們只能對照現在和過去的地圖，靠著打聽得到的情報來搜尋某名男子。

仙波——曾經是扇島黑社會大老的男子。如今已經退隱，在煉鋼廠的某處過著隱居生活。

根據打聽得來的消息，有個和被害人少女宛如同一個模子印出來的人物，十年前曾在扇島出沒。得知這個消息的狡噛等人，為了找出該名人物和藤間的關聯性的相關線索，決定來此探訪仙波老翁。

時間已近一月十一日午夜零時。

值勤時間早已超過規定時間，狡噛的行動裝置定期響起哀求班師回朝的內藤慘叫聲。

關上不知第幾次來自內藤的通訊，狡噛嘆了口氣。

關於仙波老翁的搜索是狡噛和佐佐山兩人提議的，要宜野座或其他執行官繼續陪他們耗下去實在太沒道理。扇島煉鋼廠周邊是如此光怪陸離，宛如鋼鐵樹海。

汗水滲入皮鞋，冰凍狡噛的腳，更加強疲勞感。繼續堅持下去的話，恐怕會對接下來的值勤產生影響。

「宜野。」

狡噛透過行動裝置呼叫宜野座，很快就收到帶有雜訊的回應。

『怎麼？』

「拖你下水真是抱歉，今天你就帶著內藤他們先回去吧。」

宜野座似乎對狡噛的提議感到驚訝，隔著行動裝置產生一段短暫的沉默。

『好是好……但你打算怎麼辦？』

「我打算再撐一會兒。」

說「撐」倒好聽，嫌循原路回去太麻煩的心情也占了狡噛內心一大部分。

「我會請佐佐山和我一起搜查。」

更長的沉默在行動裝置的另一頭降臨了。

「宜野？」

『……狡噛，你最近怎麼好像比以前跟佐佐山走得更近？』

面對宜野座的指摘，狡噛想起前幾天和佐佐山喝過的酒的滋味，多少有點尷尬。

「不是那樣子，我只是……」

『只是怎樣？』

「我只是最近有種感覺，覺得和執行官們似乎能合作得更愉快。」

一段再次來臨的沉默之後，宜野座語氣生硬地開口：

『狡噛。』

「怎樣？」

『別忘記飼育的規矩。』

宜野座這句比平常更裝模作樣的話語，不禁令狡噛露出苦笑。

他能理解宜野座的主張，尤其是考慮到他特殊的成長環境。但對於最近體認到主動築起隔闋，是無法與夥伴建立信賴關係的狡噛而言，宜野座的主張聽起來是如此空虛。

「我知道了。」簡短回應後，狡噛結束通訊，隨即收到來自佐佐山的聯絡。

『飼育的規矩嗎？真不愧是宜野老師，形容得真好。』

「既然你也聽到了就省得我再說一次。我們要繼續留下來搜查。」

『求之不得。』

2

從紙袋裡取出的肉包子冒著蒸騰熱氣，小麥的香甜氣味搔動狡噛的鼻腔。佐佐山拿著其中一個，邊喊著「燙燙燙燙……」邊在手掌中滾動散熱後，遞給狡噛。

「趁熱吃吧。這可是不知加了什麼料的扇島特製肉包喔。」

「不知加了什麼料」這句話多少令狡噛退縮，但還是抵擋不了空腹和寒冷，伸手收下。

道謝到一半狡噛就忍不住大口咬下了，溫熱濃郁的肉汁在口中擴散開來，他邊嘟著嘴巴呼出熱氣邊大快朵頤。

「真好吃。」

「喔～真的嗎？看來沒問題。」

說完，佐佐山也跟著咬了一口肉包。

「喂，你用我試毒啊。」

「開玩笑的。廢棄區域賣的食品基本上是美味又無害的，這在我還是一般人的時代早就檢驗過了。」

狡嚙心想，美不美味姑且不論，但依佐佐山的判斷來看，很難說是無害的吧。抱怨歸抱怨，狡嚙還是盡情享受了肉包。

兩人在剛才兵分兩路搜查的地方——扇島煉鋼廠附近廢棄道路的入口重新會合。貼心的佐佐山買了宵夜，兩人一邊享用一邊確認狀況。坐在路旁吃東西聊天的模樣與其說是刑警，更接近放學途中的學生。

「鬧區附近的賣春女我全都打聽過了，沒什麼成果。」

發現狡嚙反射性地對「賣春」這個詞皺眉，佐佐山又說：

「要找到仙波老翁那種黑社會大老，向這種職業的人打聽是最快的。我可不是因為喜歡風塵女郎才找她們的喔。」

狡嚙覺得自己似乎被嘲笑天真，心虛地嘟囔：「我知道啦。」
「只不過那老頭似乎徹底金盆洗手了，最近完全沒人和那老頭說過話。」
「該不會已經死了吧？」
「不，聽說他出門時身邊還是會跟著一些人，如果真的死了，不可能沒有半點消息。」
「原來如此。」說完，狡嚙把最後一口肉包塞進嘴裡。
「我也沒什麼收穫。繼續往前的話，幾乎沒什麼人居住，就算想打聽也找不到人。」
佐佐山取出香菸點火，並把菸盒遞給狡嚙。
「不必了。」
「別這樣嘛。前幾天都肯陪我喝酒，試試香菸也沒關係吧～」
佐佐山嘴裡嘀咕著「刑事課的癮君子不多一點的話，總覺得會被排擠」之類的話，將菸盒收進胸前口袋。
「多少喝點酒據說有益健康，但抽菸就真的百害而無一利。」
「又來了～又是這種狗屁道理。」
「狗屁道理是什麼意思嘛。」這次換狡嚙嘀咕。
「狡嚙，你就是凡事都太愛用道理去思考。別光只是動你的頭，更要動你的心啊。若非如此，原本看得見的東西也會變得看不見。人向來都不是靠著理論，而是靠著心去行動的。」

說著，佐佐山用拳頭輕抵狡噛的胸口。

狡噛將落在拳頭上的視線抬起，凝視著佐佐山回答：

「如果我太流於感情的話，就沒辦法工作。那個角色交給你來負責吧。」

佐佐山與狡噛的視線相交，滿意地咧嘴笑了。

「如您所願，監視官大人。」

佐佐山呼出的煙瀰漫兩人之間，舒服的靜寂籠罩四周。

稍微歇息後，佐佐山站起身說：「我們走吧？」狡噛抬頭望了他一眼，也準備起身的時候，佐佐山突然一臉嚴肅地出聲制止。

「別動！」

佐佐山表情凶惡，與剛才判若兩人，狡噛驚訝反問：

「怎麼了……？」

「別動，狡噛……你的頭上現在……有隻蜜蜂。」

「蜜蜂？」

狡噛反射性地想甩頭，被佐佐山制止。

「就叫你別動嘛。」

蜜蜂在狡噛的頭髮裡動來動去。

「嗚……怎麼回事？我該怎麼辦才好？」

「只能在牠爬到高興前先別輕舉妄動了。」

佐佐山說完，臉上已不似剛才嚴肅，而是不懷好意地一臉賊笑。

「不准笑！」

「可是你……」

說著，佐佐山忍俊不住地顫動肩膀笑了。狡噛一面忿忿地瞪著佐佐山，一面沉思。

「為什麼這種地方會有蜜蜂……而且還是在隆冬時節……」

佐佐山聽到狡噛的話，突然靈光一閃，張嘴大喊：

「這傢伙該不會是有人飼養的吧！」

瞬間，蜜蜂飛了起來，佐佐山追趕在後。

「喂！你要去哪裡？」

「這隻蜜蜂八成是人養的！跟著牠走，找到飼主的機會很高。」

佐佐山大聲呼喊，與狡噛的距離愈拉愈開。狡噛拚命地追趕在後。

蜜蜂穿過狡噛剛才沒發現的路旁小徑及建築物縫隙，把兩人誘入煉鋼廠深處。

3

究竟跑了多遠？持續在險惡的地形上奔跑，就算是平時以體力自豪的狡噛也忍不住喘氣。由於直接用身體撞倒幾個老舊屏風，兩人的大衣已沾滿汙穢。

「該死，為什麼制服是西裝，很難活動啊，混蛋！」

狡噛將佐佐山的抱怨當成耳邊風。ＧＰＳ完全派不上用場，兩人在地圖上顯示是牆壁的地方前進，但現在已顧不得那麼多，只能繼續奔跑。

前方傳來溫暖的氣流，一扇洩漏出光明的門就在面前。

「這裡！」

順勢用力開門，眼前見到難以置信的光景。

在無數明亮的高亮度電燈照射下，植物們發出鮮明色彩。鍋爐加溫的室內宛如春天，蜂群忙碌地在花叢間來去。見到這一整片令人為之一醒的綠色，狡噛和佐佐山不由得瞠目結舌。

四處可見蔬菜和果實，其水嫩模樣看在習慣合成食物的狡噛兩人眼裡顯得古怪異常。

一道沙啞的男性聲音在茫然呆立的兩人背後響起。

「你們來這裡做什麼？」

兩人嚇一跳回頭，一名蓄著白鬚、大腹便便、看似健朗的老人站在他們背後。

「雖然髒兮兮的，但由你們那身西裝配上官製行動裝置看來，想必是公安局的人吧？」

精準的猜測令兩人感到退縮。

「雖然沒申請的個人菜園是被禁止的，但還請兩位大人睜一隻眼閉一隻眼吧。這不是為了賺錢，只是隱居老人的小小興趣。」

說完，老人穿過兩人之間，走入草叢。聽到「隱居老人」這個詞，兩人互看一眼，心想……

「說不定……」狡噛率先開口：

「恕我冒昧，請問您的名字是？」

對於狡噛的問題，老人睜大眼。

「什麼？你們來這裡居然不知道我是誰嗎？」

果然！

「所以說……您果然是仙波老翁嗎？」

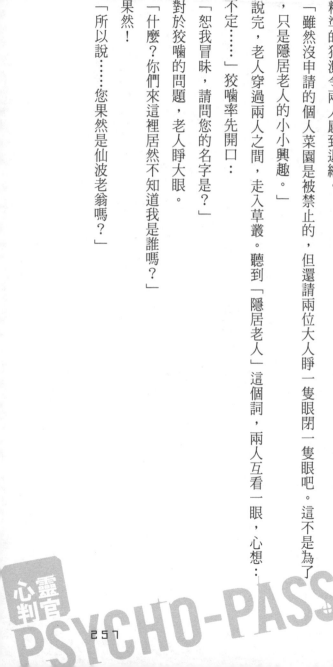

「我可沒衰老到要被人稱為『老翁』吧。」

說完，仙波搖搖大肚子。

「放心吧，我們今天不是來取締的。而是某事件的搜查……」

「搜查？」

狡噛還沒說完，仙波便放聲笑了。

「來這種地方搜查嗎？看來政府部門的工作也不怎麼輕鬆嘛。」

老人摘了一顆鮮紅成熟的草莓，直接拋進嘴裡。狡噛注意到水嫩的咀嚼聲令佐佐山羨慕地吞了吞口水。吞下大量口水後，佐佐山答道：

「就是說啊，害我們搞得這副又累又髒的模樣。老爺子，看在我們可憐的份上，可以合作一點嗎？」

面對佐佐山的請求，老人默默地採收果實。對於他這種亦可視為拒絕的態度，兩人又看了彼此一眼。

佐佐山耐不住沉默，急性子的壞毛病又跑出來了。「喂！聽到沒有啊？」佐佐山探出上半身大聲嚷嚷，狡噛制止他，冷靜地說明：

「一個月前，一具身分不明少女的慘死屍體被發現了。我們推測她是十年以前在扇島這裡賣春的少女。」

仙波的背影震了一下。

「十年前的少女卻在上個月才被發現遺體嗎？」

「聽來雖然荒謬，但我們的推測恐怕是正確的。」

長時間的全力奔跑加上室內的暖空氣，使得狡噛汗水淋漓，額頭一片油亮。佐佐山也一樣，他用大衣下襬擦拭額頭，走到仙波身旁跟著說：

「就是這麼一回事，老爺子。為了確認她的身分，我們正在搜查更進一步的情報。我們不會動你的菜園，但是建議你，協助我們對你比較有利。」

仙波老翁點點頭，繼續享用草莓。等成熟的草莓都塞進肚子後，他凝視兩人說：

「你們聽過『別叫醒睡著的孩子』這句話嗎？」

仙波令人摸不著頭緒的問題令兩人皺眉，仙波不在意地繼續說：

「世上有許多不接觸就不會帶來傷害的小『祕密』，而扇島就是這種『祕密』的搖籃。你們為何想把搖籃翻倒呢？就讓祕密沉睡吧。如此一來，嬰孩的哭聲便不會傳進你們耳裡。」

說完，仙波默默開始修剪枝葉。

「抱歉，老爺子，睡著的孩子早就醒了，所以我們只好用暴力讓他閉嘴。」

佐佐山的雙眼閃爍凶光瞪著仙波。被人瞪視下，仙波大聲嘆氣，張開沉重的口。

據仙波所言，被害少女果然是十幾年前在扇島賣過春的少女。她有個雙胞胎哥哥。

少女殺人的壞習慣變得愈來愈嚴重後，不久，突然從扇島消失，而她的哥哥在她失蹤後仍一個人生活了好幾個月。之後傳出他被人權團體保護，接下來的事情仙波就不清楚了。

狡噛讓仙波確認官方報紙上關於藤間幸三郎被保護時的報導，仙波大大地點頭說：

「沒錯，他就是少女的雙胞胎哥哥。」

時刻已接近早上六點。

兩人拖著疲勞沉重的腳步離開仙波的菜園。明明來時費盡千辛萬苦，離開時順著仙波指點的路徑竟是如此輕鬆。

隆冬早晨的空氣刺痛兩人的臉頰。

回望剛才走出來的巷子，現已淹沒在黑暗裡，不論怎麼定神凝視，也無法想像前方有一條通往深邃地底的通道。

扇島是「祕密」的搖籃——仙波這句話莫名殘留在狡噛耳中。

但是，如同不論多麼漆黑的夜晚總會天亮，「祕密」終有一天也會被攤在光天化日下。狡噛抬頭看著即將破曉的天際。

確認唐之杜的行動裝置已經連線後，狡噛與她聯絡。

『幹嘛？』

「抱歉，可以請妳儘速分析藤間幸三郎和被害少女的ＤＮＡ資料嗎？」

『咦咦？不會被霜村嘮叨嗎？』

「放心，我已經得到佐證。假如有什麼問題，由我來擔。」

在狡噛背後，佐佐山嘲諷地吹了聲口哨。

『ＯＫ！我會儘速處理。』

「抱歉。」

『慎也，你快點出人頭地嘛。』

和唐之杜結束通話的瞬間，狡噛的行動裝置發出刺耳的電子聲。

『這裡是公安局刑事課。這裡是公安局刑事課。發現可能與廣域重要指定事件一〇二有關的離奇死亡屍體，請所有人員立刻到搜查本部集合。重複一遍……』

那是做為通知早晨來臨，其聲響未免太沉重的晨鐘。

4

狡噛和佐佐山抵達搜查本部時，除了前往遺體發現現場的第三分隊以外的所有刑警已集合完畢，大會議室裡怒吼聲此起彼落。

「被害者的身分呢！」

「現在鑑定中！」

「遺體在上野動物園的黑猩猩飼養區裡被發現。從遺體的狀態看來，將之視為和一連串標本事件同一犯人的犯行應該錯不了！」

「遺體不僅經過塑化處理，還被加進黑猩猩的飼料裡！」

「遺體大部分被黑猩猩吞進肚子裡了！」

推開現場亂成一團的刑警們，狡噛和佐佐山直接走到霜村監視官身旁。

坐在會議室中心位置的霜村，為了新誕生的犧牲者抱頭苦惱。

「霜村監視官！」

聽見狡噛的聲音，霜村抬起臉。他的眼睛因睡眠不足與工作的沉重壓力而赤紅充血。

「太慢了！在搞什麼！」

「我們已經查出被害少女的身分。」

「現在沒有空管那檔子事！」

說完，霜村用拳頭敲桌子。狡嚙打一開始就明白查出被害少女的身分只是為了將第一分隊調離搜查中樞的藉口，明白歸明白，霜村的說詞實在讓人聽不下去，狡嚙忍不住想回嘴，不過四周的哀求視線讓他恢復冷靜。

不過，佐佐山可就沒那麼好脾氣。他揪住上半身靠在桌上的霜村領口，用力勒緊。

「已經出現三名被害人，卻連一個嫌犯都找不出來的稻草人，憑什麼擺出一副跩樣？」

霜村想求救，但話卡在喉嚨，發不出聲音來。見到霜村充血的眼睛變得更紅、額頭的血管膨脹欲裂，狡嚙總算出言制止佐佐山。

從原本被勒住的狀態突然獲得解放，霜村難看地上半身跌在椅背上，一邊咳嗽一邊想斥責佐佐山卻發不出聲音。佐佐山滿意地看著他的醜態，努了努下巴要狡嚙說明。

「您應該還記得我們曾建議調查過去多次在犯罪現場被目擊到的藤間幸三郎這名男子吧？他和被害少女是兄妹，而且是雙胞胎。」

圍繞一旁的刑警們偷望著狡嚙，似乎也很在意狡嚙的主張。

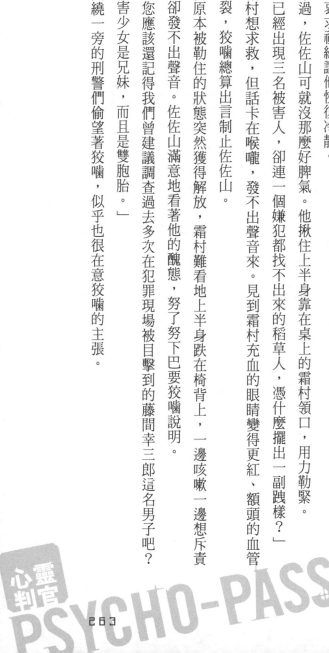

「我們剛剛已經從認識他們兄妹的人物口中取得證詞。如此一來，已有將藤間當作本案重要關係人的充分條件。」

呼吸總算恢復順暢的霜村瞪著狻噛。由他的態度看來，明顯仍不打算接受狻噛的主張。

「你在胡謅什麼……」

霜村話說到一半，像要打斷他的發言般，唐之杜在會議室入口大喊：

「慎也！資料解析完畢了！Bingo Bingo！藤間和那名少女確實是雙胞胎兄妹！」

現場一片譁然，令人喘不過氣來的搜查終於見到一線曙光。

「不愧是狻噛先生！」

神月不禁發出感嘆，隨即連忙摀住嘴，因為他感覺到霜村的殺氣射了過來。

狻噛受到眾人歡呼，霜村則是滿心憤怒與憎恨。他勉強克制差點嘔吐的激動情緒說：

「辛苦了，狻噛監視官和佐佐山執行官。那麼，藤間就由我們第二分隊負責帶回，你們第一分隊負責輔佐吧。」

「什麼？」

佐佐山立刻表示抗議，但霜村毫不在乎，下令第二分隊的青柳監視官和神月執行官去將藤間帶回。青柳和神月一臉抱歉地瞥了兩人一眼後，離開會議室。

「喂，別開玩笑了！藤間明明就是我們正在追蹤的嫌犯！你只想橫刀搶奪功勞嗎！」

「橫刀搶奪？搜查本部長是我，你們本來就該聽從我的指示！」

「如果聽你的指示，連能解決的事件都解決不了！」

宜野座從背後出聲制止憤慨的佐佐山。

「適可而止吧！」

聽到平常不太有機會聽到的宜野座的嚴峻語氣，佐佐山彷彿被潑了冷水，縮起肩膀回頭。

「宜野老師……你這是什麼意思？」

「違反規定的行為只會害死你自己，佐佐山執行官。別忘了你只是公安局飼養的獵犬。」

佐佐山氣憤地朝宜野座探出上半身，肩膀卻被狡嚙用力抓住。佐佐山回頭，狡嚙對他緩緩搖頭。他的表情透露出近乎放棄的心情。

狡嚙明白佐佐山的憤怒，但如果放任情緒激動失控，組織便無法成立。在這層意義下，執行官和監視官都是組織飼養的獵犬，沒有差別。

「該死！」

佐佐山甩開狡嚙的手，背對監視官們走出去。

「佐佐山！」

佐佐山對狡嚙比出「我抽根菸」的手勢，走向會議室出入口。狡嚙注視著佐佐山的背影，遭某種既視感襲擊，想起他在扇島對佐佐山的「刑警的直覺」冷笑的那個夜晚。狡嚙從他的背影，感覺到與佐佐山那時對自己露出的表情類似的情緒。

這時，第二分隊的女性執行官開口：

「被害人的身分確認了，是義大利裔準日本人阿貝爾．奧托馬吉！」

聽到這個似曾相識的名字，佐佐山停下腳步回頭，和表情驚訝的狡嚙四目相對。瞬間，佐佐山腦中浮現烏黑發亮的秀髮殘影，不由得戰慄。

女性執行官當然對佐佐山的戰慄毫不知情，繼續報告：

「他的獨生女桐野瞳子目前行蹤不明！」

一種彷彿現在站著的地板破了個大洞、墮入黑暗深淵的感覺將佐佐山攫住。佐佐山從沒想過藤間會對他親近的對象下手。但是，現在事情確實發生了。佐佐山勉強讓差點墮入無底洞的自己打起精神，進行思考。

失蹤的瞳子在藤間身旁的可能性很高。當然，這個假設的前提是瞳子平安無事。不過她的遺體尚未被發現的事實，還是帶給佐佐山一絲希望。而且，既然已經擄走瞳子，藤間現在恐怕也已不在櫻霜學園。

「……呃，雖然青柳小姐他們出發了，可是學園剛才也替藤間報了失蹤唷。既然不在學園，當然也不可能在家裡吧？」

彷彿與佐佐山的思考同步，唐之杜告知上述消息。

既然如此，兩人目前最有可能去的地方是——

「狡噛！」

佐佐山急切地呼喊狡噛的名字。狡噛用力點頭，朝他的方向奔去說：

「在扇島！」

「嗯，我們走！那傢伙不可能永遠都不對瞳子動手！」

佐佐山與狡噛衝出，骯髒的大衣下襬隨風起舞，但霜村的怒吼阻擋他們的去路。

「站住！不許你們擅自行動！」

「開玩笑！現在事態緊急，分秒必爭！」

「拘捕藤間是我們第二分隊的工作，你們第一分隊給我負責輔助就好！」

「少囉唆，你這禿子！」

「這是命令！佐佐山執行官！」

命令——霜村的恫嚇讓現場陷入一片緊張。無視咬牙切齒的佐佐山，霜村發出指示：

「第二分隊全體前往扇島！第一分隊出動所有多隆，包圍扇島周邊！連一隻老鼠也不准離開扇島！」

接到霜村的號令，第二分隊的刑警們一起衝出會議室。轉眼間變得空蕩蕩的會議室裡，只剩下狡噛等第一分隊的成員們抱著無奈的心情呆站著。霜村瞥了他們一眼，再次警告：

「喂，沒聽懂嗎！」

短暫沉默後，宜野座開口：

「了解，第一分隊會立刻趕往現場，警護周邊。」

霜村對他的回答露出滿意笑容後，離開會議室。

5

車中的震動不知為何讓人回憶起過去。一定是因為這種震動讓他想起過去和妹妹的兜風之旅吧。

在前往扇島的戒護車中搖晃著，佐佐山想著這些事。

封鎖擁有廣大面積的扇島四周是超乎想像的累人工作，只靠公安局的警備多隆，數量不足以包圍扇島，狡噛和宜野座只能四處向相關單位商借多隆。在這項作業中，第一分隊被迫留在公安局。等到所有多隆都配備到指定地點，狡噛等人也出發前往扇島時，太陽早已下山了。但是，仍未接獲發現藤間的通知。

一開始，每次接獲第二分隊的報告時，佐佐山總會對他們在扇島不得要領的搜查感到憤怒，但隨著時間經過，比起憤怒，一種更接近祈禱的情感充斥他心中。

他現在一心只求瞳子平安無事。

佐佐山坐在搖晃的車內，凝視自己的腳尖。

明明事態難料，不知為何，佐佐山卻心如止水。關於妹妹的回憶宛如照片般，在他鏡面似的內心一幅又一幅映出來。

妹妹學攝影的契機是在兩人第一次計畫開車去旅行時。因為難得出門旅行，佐佐山拗不過明明根本不會攝影的妹妹央求，用存下來的零用錢買了單眼相機送她。

結果，妹妹還是不懂得如何使用相機。在妹妹的要求下，佐佐山開始替她拍照，拍著拍著，反而是佐佐山自己迷上攝影。

一旦將日常生活裁切為照片，連眼淚都會顯出意義。對喘不過氣的生活感到厭倦的佐佐山，深深沉醉在那種感覺裡。

拍攝對象主要是妹妹。

除此之外，佐佐山也想不出有什麼好拍的。

他想把很有少女特色、表情千變萬化的妹妹，盡可能地收藏在相片裡。不管是哭或是生氣的表情都沒關係，佐佐山想把她存在的每一分每一秒都裁剪下來，並賦予意義。

戒護車劇烈搖晃了一下，把佐佐山的思考拉回現實。他感到困惑，自己為何會在這種時候潰堤般地回想起過去？但是，愈是祈禱瞳子平安無事，這願望就愈和妹妹的回憶重疊。

接到妹妹死訊的那天，瞳子出現在佐佐山面前，同時帶著和嬌小身體不搭調的粗獷單眼相機。她的表情也同樣有著少女特有的活力，變化萬千。

佐佐山不相信命運。雖然不相信，但在自己活在這世上的一切意義被空虛抹煞的那天，瞳子出現了。這種奇妙的巧合，足以讓瞳子在佐佐山心中占有重要地位。

他無論如何絕不希望瞳子受傷，也絕對想要守護瞳子。

明知那根本算不上是贖罪，佐佐山的想法仍未動搖。

委身於車體震動中，佐佐山再次沉浸在短暫的時光旅行裡。

佐佐山的狀況很奇怪。

坐在前往扇島的監視官公務車裡，狡噛回想佐佐山的模樣。

他一開始明明對第二分隊的報告罵聲連連，某個時期後卻突然沉默下來，再也不發一語。

狡噛試圖從他的表情觀察想法，但從他半瞇起的雙眼裡讀不到任何情報。

現在，佐佐山在戒護車中思考些什麼？一想到這個問題，狡噛就有種說不出來的不安。

坐在副駕駛座上的宜野座疑惑地問：

「喂，你覺得佐佐山沒問題嗎？」

他似乎也和狡噛一樣感到不安。面對宜野座的疑問，沒有任何確信的狡噛只能回答：

「嗯……」

「他說不定會做出什麼事來，總之別放開牽繩喔，狡噛。」

6

扇島外圍是一片漆黑的海。海面反射著大量警備多隆機體上的閃亮巡邏燈，讓人聯想到某種祭典。繞過扇島最外圍，在主閘門前停車，等候多時的民間警衛團團包圍狡噛等人。

「對於突如其來的扇島包圍行動，居民陷入一片混亂！」

「搞不清楚發生什麼事，許多人爭先恐後想逃出扇島，只靠我們的多隆無法全部應付。」

聽到警衛們的抱怨，狡噛不禁咂嘴。果然這種形式的大規模封鎖只會徒增現場混亂，絕非上策。狡噛忍不住在心中咒罵起霜村的愚蠢決定。

就在一片混亂中，島內遊民突然四處衝出，從配置在現場的多隆旁邊穿過去。「啊！」無視於倉皇的民間警衛，宜野座取出主宰者直接對遊民們開槍。警衛們對於宜野座一瞬間就解決問題的俐落手法感到佩服，無不發出讚嘆。

戒護車的門打開，四隻獵犬同時被放出來。宜野座以威勢對獵犬們大喊：

「各員前往既定位置進行警備。連一隻老鼠也不准逃出這座島！如果有想逃的傢伙就別客氣，直接用主宰者攻擊他們。」

但是和宜野座的高昂情緒相反，執行官們一語不發地點頭，慢條斯理地走向預定位置。

看到執行官們有氣無力的模樣，狡噛覺得無可厚非。明知命令愚蠢卻仍得遵守的感覺實在令人高興不起來，但是為了維持組織運作，他們只能忍氣吞聲，若不順應洪流，連自己也會被吞沒。狡噛也抱著會留下糟糕餘味的心理準備走向預定位置，就在這時……

「狡噛。」佐佐山有氣無力地喚住狡噛。「幫我申請武裝許可。」

佐佐山以簡直像在對父母央求點心般的輕鬆語氣拜託狡噛申請武裝許可。通常說來，監視官和執行官允許攜帶的武裝只有主宰者。但在特殊狀況下，也允許攜帶電擊棒和催淚噴霧。佐佐山請求的武裝是這些。

「為什麼？」

雖然嘴上反問，但狡噛已開始進行緊急裝備收納系統的認證手續。之前沒有碰過這麼大規模的警備任務，就算佐佐山沒提，他也知道要有預防萬一的準備。他一邊不怎麼注意地聽著佐佐山回答：「為防萬一啊。如果主宰者的電池用完……」一邊進行認證手續。

「我是狡噛慎也，依據監視官權限，申請佐佐山光留執行官的武裝配備。」

『已確認聲紋及ＩＤ・同意給予等級二裝備。』

冷冰冰的機械語音回答後，公務車後方的載貨空間打開，電擊棒和催淚噴霧升起。狡噛凝視著武裝緩緩上升，佐佐山一句難以置信的話語突然闖入他耳裡。

「只要有這個，就算有某種原因造成主宰者無法使用，也還是能料理藤間。」

狡噛嚇一跳地抬頭，看到佐佐山已經抽走電擊棒。狡噛趕緊抓住佐佐山的手。

「慢著！」

「狡噛，放開我！」

佐佐山的語氣意外冷靜，可以看出他的決心有多麼堅定。

「不熟悉扇島的第二分隊，不管在這裡繞幾圈也逮不著藤間的。讓我走。」

說完，佐佐山試圖甩開狡噛的手，狡噛更用力地抓住他。

「別說蠢話了！我們的任務是警備扇島周邊！不許離開工作崗位！」

「我沒要你跟我去。我自己一個人走。」

「那就更不能放你走！你打算做的事是反叛行為！」

「那又如何？至少比默默遵守愚蠢的命令要好。」

彼此的力量勢均力敵，緊繃到極限的手臂肌肉開始顫抖。佐佐山的眼裡閃爍著等待獵物的獵犬光芒，暴力地射穿狡噛。

絕不能讓佐佐山在這時候離開，絕對不行。

他多次違反職務規定，頂撞霜村，假如現在還讓他無視霜村的命令入侵扇島，佐佐山絕對躲不掉懲處。他自己不可能不懂那意味著什麼——

與佐佐山拚命建立起來的關係可能在這種地方崩解的預感，令狡噛無法接受。近乎恐懼的焦躁襲擊狡噛，他厲聲嘶吼：

「假如你現在離開崗位，你的刑警生命將會結束！」

「但如果我現在不做點什麼，我自己也一樣會完蛋！」

在佐佐山的話中感覺到某種研磨得異常銳利的事物，刺穿狡噛的胸口，但更使他下定決心，絕對不能讓佐佐山離去。這名男子明白一切結果。即使明白，仍決定要去。是什麼把他推向極端？狡噛在一團混亂的思考當中，隱約見到曾在佐佐山房裡看過的那張少女照片。

「不行……佐佐山……」

狡噛的言語已不再是命令，而是懇求。對於狡噛哀切的請求，佐佐山略感困擾地微笑，但很快就板起臉孔，以堅決的冷硬語調說：

「讓我去吧。」

兩人的視線在空中相交、靜止。兩人的主張不存在妥協。倘若時間許可，或許會這樣無窮盡地兜圈子，但已經沒時間了。

「即使你去了，你妹妹也無法復生的……」

這句話讓佐佐山的雙眼閃爍動搖的神色，狡噛則在心中深感後悔。他觸碰到眼前這名強悍男子的脆弱內心了。狡噛不禁對自己缺乏體貼的行為感到懊悔。

「我明白了……」

佐佐山冷漠地喃喃回應。聽到他的回答，狡噛總算放心，略為放鬆雙手的力道。這個瞬間，佐佐山用力將狡噛一把拉了過來，用膝頂猛烈攻擊他的心窩。劇烈疼痛讓狡噛捧腹掙扎，佐佐山接著以電擊棒朝他脖子猛烈一擊。要害連續受到襲擊，使得狡噛逐漸意識不清，就這樣直接倒地。在朦朧的視野中，他見到佐佐山朝扇島深處奔去的背影。

在模糊的意識中，狡噛摸索收在槍套裡的主宰者，將之拔出。

『若不滿意我的所作所為就對我開槍，那就是你的工作。』

佐佐山說過的話語扭曲重疊，在腦中迴盪。狡噛用主宰者對準佐佐山的背影，指向性聲音宣達希貝兒的神諭：

『犯罪指數・二八二・刑事課登記執行官・佐佐山光留・為任意執行對象。』

扣在扳機上的手指逐漸使力，這是狡噛過去做過無數次的行為。對潛在犯開槍，有時甚至將之破壞得體無完膚。現在不過是對執行官用麻醉槍射擊，究竟有什麼好猶豫的？

但對狡噛來說，現在手上的扳機卻彷彿比過去扣過的任何扳機都更為沉重。

以潛在犯為對象時，毫無困難就能辦到的行為，現在面對佐佐山卻怎麼也辦不到。

想到被射擊者的痛苦，想到對方在那一剎那看向自己的視線——狡噛想像著自己被佐佐山的視線射穿的那一瞬間。在他的想像裡，倒映在佐佐山眼裡的自己是如此扭曲、醜陋。

佐佐山的背影變得愈來愈遠、愈來愈小，狡噛依舊無法扣下扳機。

狡噛第一次感覺到用主宰者傷害人的可怕。

「慢著……佐佐山！」

叫聲空虛地消散，沒入冬日澄澈的夜空。

在佐佐山的身影混入人群中消失的同時，狡噛的意識也落入黑暗之中。

佐佐山在熙熙攘攘的扇島鬧區裡撥開人群前進。

根據來自第二分隊的報告，可知藤間已不在他十年前被發現的地點。若是如此，搜索範圍就得擴展到扇島全域。一方面雖感到前途茫茫，另一方面卻也不是完全沒有希望。

第二分隊在藤間的居住區發現奧托馬吉的血痕，但沒有瞳子的。瞳子很可能仍活著。一想到這點，就覺得宛若大海撈針的作業也不是辦不到。

雙手用力拍打臉頰，對自己打氣後，佐佐山朝扇島深處前進。

讓拳頭一張一握，確認電擊棒的衝擊是否仍殘留在末梢後，狡噛抬起臉來。宜野座、征陸、六合塚、內藤圍繞在他身邊，擔心地看著他。

「你沒事吧～？」

「已經沒事了。」

狡噛微笑回應難得露出擔憂表情的內藤。看到狡噛的笑容，總算放心一點的宜野座滔滔不絕地逼問他：

「發生什麼事？是誰攻擊你的？佐佐山在哪裡？」

征陸勸戒口沫橫飛的宜野座：

「喂喂，你一口氣問那麼多事，狡也回答不了。對吧？」

征陸對狡噛微笑，但狡噛沒有回答，保持緘默。

「狡噛先生？」

這次換六合塚窺探他的表情。

「佐佐山他……」

四個人等候狡噛的下一句話，但又是一陣沉默。彷彿要使沉默滲透到每個人的心中，狡噛慢慢開口：
「他去追藤間了。」
宜野座怒不可遏地喊：
「你說什麼？明明霜村多次警告我們，要堅守輔助任務的立場！」
「佐佐山大哥不是會聽這種話的人啊～」
和宜野座相反，內藤悠哉地回答。
「我試著阻止他……結果就是這副慘狀。」
「咦？所以狡噛先生是被光留先生……」
對於六合塚的問題，狡噛以沉默表示默認，宜野座更憤怒了。
「那傢伙……居然對監視官出手嗎！」
「哎呀……這下事情可嚴重了……」
征陸的嘆息明晰地勾勒出佐佐山的未來，現場益發凝重。
狡噛開口打破沉默。
「我去把佐佐山帶回來。一定會帶回來，希望大家別把這件事傳出去。」
「可是，這是嚴重違反職務規定的行為。」

「拜託你，宜野。」

說完，狡噛低頭懇求。總覺得自己這陣子老是為了佐佐山低頭。等帶佐佐山回來後，不揍他幾拳絕不干休。

主宰者對潛在犯而言，可說是占據絕對的優勢。靠著絕對優勢單方面進行制裁，就自己和佐佐山的關係並不公平；但如果是赤手空拳對等互毆的話，就沒這個問題。狡噛一直很想和佐佐山好好地對戰一場，雖然是在這種狀況下，但一想到這件事，狡噛還是免不了興奮起來。

比起主宰者更希望訴諸拳頭，若是以前的自己恐怕絕不會有這種念頭。仍低頭懇求的狡噛不禁苦笑，心想自己受到佐佐山的影響可真大。

面對狡噛的懇求，宜野座面有難色，這時執行官們紛紛加入聲援。

「我明白了。我會將中繼電波用戶設定成只有我們第一分隊能接收。如此一來，我們的對話就不會被其他分隊聽到。」

「那我把修正過的地圖資料傳送給大家～」

「唉……等把佐佐山帶回來後，我們大家一起喝一杯吧。」

狡噛身邊的執行官們積極地行動。見到眾人的反應，宜野座總算點頭。雖然多少有點被身邊執行官們的氣勢所迫，但說實話，他也不樂見佐佐山就這樣被烙上反叛的印記遭到處刑。對宜野座來說，身為年紀相近的前輩，佐佐山也是他進入公安局後對他影響很大的人物。
由於宜野座超乎想像地爽快允諾，讓狡嚙又驚又喜。原來比起理論，情感更能推動人心。
『人向來都不是靠著理論，而是靠著心去行動的。』
佐佐山的話語又在腦中響起。
如果佐佐山要找藤間，多半會去昨晚探訪仙波時探索過的煉鋼廠周邊吧。狡嚙在宜野座等人的目送下，踏入扇島。

煉鋼廠四周的地下道呈現和昨晚與狡嚙造訪時截然不同的面貌。不，正確而言，佐佐山走進另一條通道了。這裡宛如巨大怪物的腹中，佐佐山覺得自己正在無可名狀的怪物內臟中徘徊。地圖派不上用場，無法確認自己走在何處。手指冷冰冰，手心卻狂冒汗。
「別著急……冷靜下來啊。」
雙手摩擦，咬緊牙根。這時，行動裝置突然出現顯示限定收訊的天線標誌。是誰？難道是……腦中浮現通話者的臉，同時，告知來電的電子聲響起。
『佐佐山！』
「果然是狡嚙嗎……」

『警備現場交給宜野座他們負責，我自己溜出來了。佐佐山，你現在在哪裡？GPS雖然還能用，但地圖一片黑，什麼也看不見。』

剛才明明還一起行動，狡噛的聲音卻已令人懷念。

「你說你開溜了……那樣真的好嗎？」

『你沒資格說我吧？』

這類鬥嘴意外地能讓心情平靜下來。

『總之我們先會合吧。我不打算阻止你了，只要你別一個人蠻幹就好！』

和狡噛認識已經有五年半又多一點。原以為他是個只知按部就班做事的優等生，佐佐山暗自在心中認為他很無趣，但現在的他似乎已相當懂得通融。佐佐山在心中半開玩笑地想：「總算開始有我搭檔的樣子啊。」

「好吧，我明白了，只不過我連自己現在在哪裡也不知道……只記得我走進昨晚那個菜園老頭指示的那條巷子裡……」

佐佐山邊說邊在昏暗的廢棄道路左顧右盼。通道四通八達，無盡延伸，難以用言語形容。但是佐佐山還是盡量睜大眼睛，尋找能勉強當作路標的東西。這時，他突然發現黑暗之中有個白色發光的物體。該名男子的妖豔銀髮在微暗之中吸收周圍的光芒閃閃發亮。

「MAKISHIMA！」

佐佐山厲聲喊叫，遠方的MAKISHIMA似乎轉頭望向他。

佐佐山立刻躲進路旁，壓低聲音。

『MAKISHIMA？什麼意思？』

「抱歉，我待會兒再說明！我要去追那傢伙了。」

『慢著，到底是怎麼回事？』

「藤間一定就在他的目的地。我猜他就是操控標本事件的幕後黑手……」

從路旁探出頭，MAKISHIMA的身影已漸行漸遠，即將消失在黑暗中。現在不能讓他逃掉，他是佐佐山好不容易找到、通往瞳子的一縷線索。

佐佐山不顧狡噛制止，在黑暗中奔跑。

「喂！佐佐山！佐佐山！」

行動裝置顯示和佐佐山的連線已經切斷。

「該死！他切斷連線了！」

狡噛瞪了腳下的電波中繼多隆，多隆圓滾滾的機體向右傾斜。

「該死的破爛機器！」

狡噛遷怒地踢了多隆一腳，多隆發出「嗶——」一聲電子音滾倒在地上。

MAKISHIMA——從佐佐山口中出現這個從未聽過的名字。他確實聽到佐佐山從行動裝置的另一頭說，該名人物很有可能是替藤間的犯罪穿針引線的人。佐佐山也許掌握了狡噛所不知情的事件情報吧。

現在不是被思索絆住腳步的時候。狡噛走向通往地下道的暗巷裡。

日

佐佐山謹慎地跟蹤MAKISHIMA。

這一帶燈火稀疏，無盡的黑暗侵蝕現場，MAKISHIMA以不可思議的速度毫無躊躇地在黑暗中行走。佐佐山好幾次差點被障礙物絆倒，只能靠黑暗中異常鮮明的MAKISHIMA銀髮做為指引前進。

摸索大衣口袋，電擊棒冰冷的金屬質感傳達到指尖。假如他真的是此一重大犯罪的牽線人，主宰者很可能下達就地處決的判決。但佐佐山必須從他口中問出藤間和瞳子的所在位置，不能輕易使用主宰者。在這種狀況下，能倚靠的只有這根金屬棒子。佐佐山用爬滿冷汗的手掌緊緊握住它。

佐佐山一腳踩進地面的凹陷，踉蹌了好幾步，趕緊伸出手撐住，感覺到柔軟的泥土觸感。潮水氣息輕撫鼻頭。海水或許滲入土壤了。自己究竟走到多深的地方？

突然覺得圍繞周邊的黑暗可怕起來。

現實感逐漸從自己周邊消退，彷彿身處死亡國度。但這種缺乏現實感的狀況，卻更讓他確定自己已逼近核心。

佐佐山像是想抑制逐漸加速的心跳般吞了吞口水。

抬起臉來，方才仍在前方閃動的MAKISHIMA銀髮已經消失。

跟丟了！焦躁感竄過背脊直衝腦門。佐佐山急忙爬起，在黑暗中奔跑，但MAKISHIMA已經不見蹤影。

「該死！」

佐佐山氣憤難平地踢了牆壁一腳，但頂多因堅硬的觸感使得腳尖麻痺。

別著急，冷靜……MAKISHIMA再怎麼樣也不可能走遠了。只要冷靜尋找附近，一定能發現線索。藤間和瞳子一定就在前方。

佐佐山耐著性子在黑暗中尋找。他想起剛成為執行官的時候，征陸曾說過他這份沉著很適合當刑警。

連續的緊張狀態使得身體渴望尼古丁。佐佐山巴不得立刻點菸，讓煙填滿肺部，但一想到可能會暴露自己的存在，只好作罷。

如果持續處於這種狀況，或許很快就能戒掉抽菸的習慣吧——佐佐山想著這些事，立刻覺得很可笑而搖搖頭，不由得佩服起自己連在這種緊急時刻都很輕浮的性格。

正當佐佐山的思考逐漸變得散漫時，他在黑暗中見到一線光芒。

通道左側有一扇打開的門，光芒由此射入黑暗。

佐佐山有如夜光蟲，朝著那道光芒筆直前進。

以一名十六歲少女的經歷來說，瞳子的所見所聞恐怕是過度慘烈了。

為了逃離恐懼，她的腦袋停止大半思考活動。原本好奇心旺盛地滴溜溜轉的雙眸已看不見任何東西，現在宛如兩顆黑色玻璃珠般黯淡無神。

藤間用右手梳理動也不動地坐在新王座上的瞳子長髮。滑順的黑髮像在搔癢般從手指根部滑溜而過，非常舒服。為了細細品味那種感覺，藤間閉上眼睛，將意識集中在右手。

「教師染指學生不太好吧？」

突然有聲音響起，藤間望向房間入口，見到眉頭深鎖的佐佐山。他布滿血絲的雙眼直直瞪視藤間，鬆弛垂著的右手上牢牢握著主宰者。

「咦？被發現了啊？」

藤間聳肩，露出頂多像是小孩偷吃零食被責備時的歉意。佐佐山對藤間毫無悔意的模樣啐了一聲，將主宰者的槍口對準他。

「很可惜，你已經玩完了。我只要扣下扳機，你就會變成一團骯髒的肉泥散落，永遠從這世上消失，唯一留下的只有變態教師的外號。」

然而——

『犯罪指數・低於五〇・非執行對象・扳機將鎖上。』

「……什麼？」

佐佐山十分動搖。藤間綁架瞳子是鐵錚錚的事實，藤間無疑是個罪犯。然而，「主宰者對罪犯卻毫無反應」，這是他八年來的刑警生涯中未曾經歷過的事。「居然在這種時候故障！」他對超乎預料的狀況感到困惑，在心中咒罵一聲。

或許猜到佐佐山的心中在想什麼吧，藤間的表情連一絲變化也沒有，依舊掛著悠然笑容。

「你笑屁啊，變態教師！」

「真遺憾，看來你的主宰者變成一團鐵塊了。」

藤間的指責，使得佐佐山嘴唇扭曲。從見到來逮捕自己的人也不動搖的冷靜程度，看得出這名男子果然不是普通人物。溢乎常軌的犯罪行動，面對這頭自己所碰過最強大的獵物，佐佐山難掩興奮。

「真有趣。明明是這種狀況，你卻看似相當愉快。」

「那還用說嗎？我可是因為太愛女人才會淪落為潛在犯的傢伙，喜歡教訓欺負女人的男人更勝三餐！」

說完，佐佐山將高高舉起的主宰者擲向藤間。就算成了一團鐵塊，被用力擲出的主宰者仍深具威力，直接命中藤間的臉。

佐佐山利用這個空檔拉近與藤間的距離，用電擊棒的握柄攻擊心窩。

「你不知道主宰者也有這種用法吧！」

他接著用警棒毆打受到重擊而趴下的藤間脊椎，並狠狠地踢他身體。藤間的姿勢徹底崩潰，整個人仰躺在地。

佐佐山沒有放過追擊的機會，直接跨坐在藤間身上持續毆打他。就算藤間的皮膚逐漸浮腫、撕裂、皮開肉綻，佐佐山仍不放下拳頭。雙手染血的感覺逐漸麻痺佐佐山的內心深處。

他漸漸進入讓自己化為血肉製造器般的無我境地。

這種行為過去發生過多少次？

成為執行官後有過幾次，以及……第一次想殺死父親的時候。

妹妹遭到父親性侵——佐佐山發現這件事，是在透過鏡頭發現了妹妹的視線蘊含著迥異於平常的熱度時。妹妹渴求地望著他，等待佐佐山撫觸她的身體。彷彿為了逃離被父親侵犯過的事實，她渴望被佐佐山侵犯。

佐佐山倉皇失措。

並對也抱著和父親一樣的下流情感的自己深惡痛絕。

若繼續和妹妹一同生活，他總有一天會打破不該打破的禁忌。

他沒有自信不會打破。

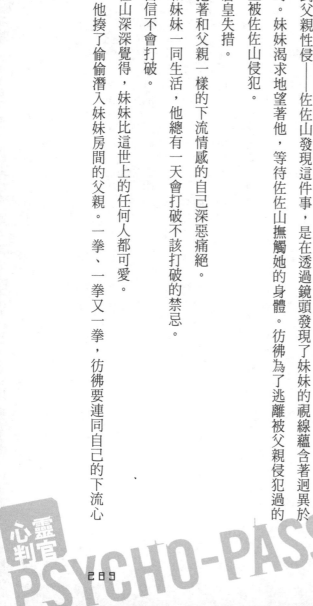

因為佐佐山深深覺得，妹妹比這世上的任何人都可愛。

有一天，他揍了偷偷潛入妹妹房間的父親。一拳、一拳又一拳，彷彿要連同自己的下流心思也一起粉碎。

腦中閃現妹妹哭叫的表情，佐佐山抬起頭。

瞳子呢？

確認藤間已經動彈不得，佐佐山立刻奔向瞳子身旁，解開她的束縛，取出口塞，脫下大衣披在她身上，並緊緊抱住她。

他在她胸口感受到堅硬的觸感而驚訝後退，發現原來是相機。一絲懷念之情與安心及喜悅交織在一起，盤旋於佐佐山心中。

「瞳子，我們快逃吧！我的夥伴在上頭！」

瞳子並沒有回應佐佐山的呼喚。

「喂！」

「她不會跟你去的，因為她會和我一直在這裡生活。」

感覺背部有道衝擊炸裂開來，佐佐山瞠目結舌。

藤間愛用的原子筆刺入佐佐山背部，穿過肋骨之間，深入到肺部。

「嘎啊！」

疼痛和湧上喉嚨的鮮血，使得佐佐山痛苦咳嗽。藤間悠然地俯視他，把刺入的原子筆拔出，在手上轉了一圈。與此同時，傷口噴湧出鮮血，隨著佐佐山的急促呼吸，不停發出空氣洩漏的咻咻聲。

很痛苦。

佐佐山早已習慣痛苦，但這種呼吸困難的感覺是有生以來第一次體驗。傷口本身並不算大，但是從傷口進入的空氣壓迫肺部，使他難以呼吸。但是比起自己，佐佐山更在乎其他事。

「你對……瞳子做了什麼……」

每一句話都壓迫著肺部，從氣管滲出的血堵塞喉嚨。

「並沒有，我只是選她當我的公主罷了。」

「公主……？」

「第一位公主受到邪惡巫師的詛咒死了，她是我的下一任公主。」

藤間的臉醜陋腫脹，卻仍掛著笑容。他的模樣過於異常，配上莫名其妙的發言，令佐佐山忍不住作噁。

「囉唆……瞳子才不是你的公主！」

缺氧使得佐佐山頭痛欲裂，但他還是奮不顧身地撲向藤間。佐佐山的體格明顯強壯許多，肉搏戰的話壓倒性有利。

「什麼受到邪惡巫師的詛咒死了！明明就是你自己殺死的！」

他邊說邊揮拳毆打藤間，卻因為缺氧拳頭發麻，無法隨心所欲地使力。

「你憑什麼為了自己的慾望就把瞳子拖下水！」

說完，又毆打一次。每毆打一次，視野就變暗一分。在昏暗的視野中，可見到藤間的眼睛閃閃發亮。

「不，她是我的新公主。我要和她一同開創我和妹妹無法開創的世界。」

聽到藤間口中說出「妹妹」這個詞，令佐佐山怒氣爆發。他揪住藤間的頭髮，激烈地撞向牆壁，疼痛使得藤間呻吟怒吼：

「為什麼……為什麼每個人都要毀掉我的世界！」

「那是因為！」

佐佐山把藤間的後腦杓壓在牆壁上，像要將肺部所剩的空氣全部吐出般嘶吼：

「能毫無所感地將重要事物一個接一個替換掉的傢伙，他的世界也沒有被珍重的價值！」

一口氣說完，佐佐山視野的亮度又降低了。他現在只憑著一股執著壓制藤間。在逐漸朦朧的意識中，他似乎見到妹妹的靦腆笑容。那張再也沒有機會接觸的笑容。

自從接到妹妹的死訊後，佐佐山一直覺得有某種事物盤據在內心。現在感覺到似乎有一道光照耀著它，佐佐山的情緒愈來愈高昂。

背負失落感活下去是生者的責任，那是對逝者表現愛情的最好方法。既然不管再怎麼後悔時間也不會倒轉，那就帶著後悔度過餘生吧。

——我仍活著。我仍活著。我今後也會一直帶著這份後悔繼續活下去。

視野已幾乎徹底昏暗。身體鬆弛無力。明明現在絕不能放開藤間。

藤間推開佐佐山的身體，跑向瞳子，把她抱起來。

「這裡不好……我們去尋找更適合我們的地方吧。」

「住手！別碰瞳子……」

佐佐山使盡全力，勉強擠出聲音叫喊。

「來，我們走吧。」

「瞳子！瞳子！快起來，妳這笨蛋！」

黑暗中，有人牽著手前進。

四周很冷，只有那隻手很溫暖。

是誰？

父親？

「瞳子！」

牽著手的人正在呼喚。

「光留先生……？」

瞳子的玻璃眼珠再度恢復光芒，西裝染成一片血紅的佐佐山和藤間就在她面前。見到藤間的瞬間，瞳子心中的恐懼再度甦醒。

「呀啊啊啊啊啊啊！」

她發出尖叫，將藤間推開，指甲深陷藤間的脖子裡。

「救我！光留先生，救我！」

藤間一瞬間退了一步，表情變得愈來愈冰冷。他扯開插在脖子上的瞳子指甲後，抓住她的頭髮，將她整個人甩在地上。

瞳子受到衝擊，發出「啊嗚」的慘叫聲，但立刻跑到佐佐山身邊。

藤間靜靜地凝視她的行動。

「什麼嘛……我已經不需要妳了。」

說完，藤間從口袋拿出黑色球狀物體朝兩人拋出並退後。

佐佐山一瞬就看出突然滾到眼前的物體是什麼，用力抱緊瞳子。下個瞬間，一道閃光在佐佐山背後迸射開來，緊接著火焰和爆炸聲環繞兩人。兩人受到爆炸衝擊，滾到走廊上，一頭撞上牆壁。

躲在房間深處的藤間確認狀況後，不滿地嘟囔：

「什麼嘛……威力一點也不強啊，聖護老弟騙人。」

佐佐山在濛濛白煙中睜開眼，瞳子在他身旁咳嗽不止。太好了……她似乎沒受重傷。

「瞳子……快逃……」

試著說出口，才發現自己的聲音有多麼虛弱。

虛弱喊叫的佐佐山已失去背部的感覺。他慢慢把手繞過腰部觸摸背部，發現有許多巨大碎片刺在上頭。

瞳子也對佐佐山的慘狀感到驚訝，她又圓又大的眼裡噙滿淚水，百般不願地搖頭。

「光留先生也要一起走！」

「呃……我現在恐怕沒辦法……」

隨著隱隱作痛的感覺，某種預感悄悄爬進佐佐山的內心。雖然很不情願，但他該不會快死了吧？死在這種地方，留下瞳子一個人。佐佐山連忙觀察四周，見到已對瞳子失去興趣的藤間正要往扇島深處前進。至少藤間現在沒打算傷害瞳子，這讓他總算放心了點。

一旦放心，疲勞便一口氣湧上來，強烈的昏睡感襲擊而來。瞳子垂下的黑髮搔動他的鼻頭，癢癢的很舒服。

「妳……身上的味道真好聞……」

「請別說這種玩笑話好嗎……」

瞳子的熱淚落在佐佐山臉頰上，滲透到他的內心深處。

「放心，我的夥伴應該趕到這附近了，妳去找那傢伙。妳應該認識吧？就是那個和妳一樣是黑髮、名叫狡嚙的男人。」

「但是……」

他輕摸掛在蹲著的瞳子胸前的相機。

「麻煩妳了……快去吧，偶爾也該聽大人的話。」

佐佐山的懇求讓瞳子擦乾眼淚，大大地點了點頭回答：

「我立刻去叫他來！」

瞳子倏地起身，朝佐佐山指示的方向跑出。佐佐山凝視逐漸消融於黑暗中、瞳子身穿水手服的背影，心想如果現在手上有相機的話，一定要把這個瞬間拍下來。

不必擔心了，接下來狡噛他們一定會把事情處理好。

藤間面帶掃興地聽完兩人的一連串對話，再次往黑暗中走去。

「你要去哪……」

對於佐佐山的問題，藤間若無其事地回答：

「我得去找新的公主才行。」

「開什麼玩笑……你這變態教師……」

佐佐山絞盡最後力氣，對藤間呼喊：

「哈哈……我要對你……發出我全力的詛咒……」

聽見詛咒這個詞，藤間的背顫動了一下。

「你今後……將會一直孤單一個人……永遠找不到公主……一輩子孤單度過……走著瞧吧……禿子……」

藤間緩緩轉過身來，兩隻眼睛睜得老大，臉上浮現欣喜。

「原來如此……你也是個邪惡巫師嗎……原來我沒有全部打倒……難怪事情會這麼不順

利……」

說完，藤間走向佐佐山身邊，拖著他的領子向前走。

「我和妹妹的世界還沒完成……」

被拖行的佐佐山，抬頭見到藤間喃喃叨唸著難以理解的話語，心中已經連一絲想去理解這個男人的力氣也沒有了。

他用顫動的手指摸索胸前口袋，取出香菸點火，把煙霧勉強送進破了洞的肺裡。

9

瞳子在黑暗中不顧一切地奔跑，就算皮製樂福鞋沾染汙水，或是跌倒磨破膝蓋也不怕。必須快去求援，找人來拯救佐佐山——比起疼痛、比起恐懼，這種想法更強烈地充塞瞳子心中。

「啊！」突然間，有人抓住瞳子的手，嚇一跳的她發出驚叫。

瞳子回頭，見到一名蓄著白鬚、大腹便便的老人對她微笑。

「小妹妹。」

「啊，那個……我……」

她想甩開老人的手，但老人的手勁意外強大，瞳子覺得很恐怖。

「小妹妹，妳一定碰上很可怕的事吧？妳的色相變得非常汙濁喔。」

彷彿和廢棄區域的黑暗融為一體的難以形容氣氛圍繞著老人。

「放開我！」

「我這邊有一種很好的藥劑，能讓大家忘記痛苦的事。」

說完，老人從懷中取出筆型注射器，搖晃幾下。

「這是扇島特製品，包君滿意。」

還來不及尖叫，瞳子的脖子就挨了一針。在逐漸轉暗的意識裡，瞳子聽到白鬍子老人說：

「就說別去叫醒睡著的孩子吧……扇島是『祕密』們的搖籃。槙島似乎還打算陪那個男人玩玩。畢竟他幫過我不少忙，我也是不得已的。晚安，公主。」

最終章　「沒有名字的怪物」

1

公安局局長
禾生壤宗閣下

公安局刑事課第二分隊監視官
青柳璃彩　印

搜查報告書

關於二一一〇年一月十五日（週三）發生的執行官佐佐山光留被害暨遺體毀損棄置案（公

安局廣域重要指定事件一〇二）目前已確認的情報，將於底下說明：

記

事件發生時間：二一一〇年一月十五日（週三）上午十點。

搜索地區：東京都內全域、神奈川縣川崎市扇島。

嫌疑犯：不明。

搜索事項

一、案發經過：

二一一〇年一月十五日（週三）上午十點前後，於新宿區新宿二丁目高橋大樓前步道，發現公安局刑事課執行官佐佐山光留的遺體。

基於此一事由，公安局設置搜查本部，開始搜查本案。

並將此案與眾議員橋田良二被害暨遺體毀損棄置案、少女被害暨遺體毀損棄置案、準日本人阿貝爾．奧托馬吉被害暨遺體毀損棄置案，並列為公安局廣域重要指定事件一〇二。

二、事後經過：

由於嫌犯不明，基於局長命令解散搜查本部。

隨著解散命令，本案的搜查……

寫到這裡，刑事課第二分隊的青柳監視官揉揉內眼角。睡眠不足的雙眼赤紅充血，思考模糊不清。

這一連串事件的報告書，不知究竟重寫了多少次。

『由於嫌犯不明，基於局長命令解散搜查本部。隨著解散命令，本案的搜查……』

每次打到這句話，總沒辦法繼續寫下去。

『嫌犯不明。』

這是不可能的。毫無疑問，藤間涉有重大嫌疑。在第三名犧牲者奧托馬吉的遺體被發現的那天，奉搜查本部長霜村的命令，青柳和神月前往藤間的住處，在那裡發現了少量的生物塑化藥劑，以及幾隻疑似藤間用於實驗的小動物標本。再加上，狡噛監視官與殉職的佐佐山執行官所查到的被害少女與藤間幸三郎的血緣關係，這一切的一切，都將嫌疑指向藤間。

既然如此，自己為什麼得製作這份報告呢？一想到這裡就覺眼窩疼痛，青柳不顧睫毛膏是否會被擦掉，激烈地搓揉眼睛。為了壓抑想將一切揭露出來的衝動，青柳用力咬著沾到睫毛膏的手指，在痛覺之中，隱然見到藤間幸三郎的笑容。

青柳親眼看見了藤間，並確確實實地逮捕了他。

在佐佐山的遺體被發現的隔日，她和同行的神月執行官在扇島最深處將藤間逼進死角，並以主宰者對準他。

一想起這件事，青柳就直打哆嗦。她和神月似乎看見了不應窺視的世界深淵。

青柳深深嘆一口氣，按住刪除鍵。又得從頭開始寫起。

不趕緊完成報告，會趕不上今晚舉辦的霜村監視官升遷慶祝會。青柳重新面對歸於空白的報告格式。

2

狡噛深深坐在沙發上，凝視著沾附焦油、骯髒不已的吊扇。

放眼望去，到處都有食物碎屑、脫下亂放的衣服或未整理的書籍。

「真髒。」狡嚙喃喃低語。

「囉唆。」彷彿聽到有人如此回應。

這個房間就是如此強烈地殘留著佐佐山的氣息。

佐佐山的葬禮結束後，狡嚙主動接下整理遺物的責任。但是，他坐在這個房間已不知道經過幾小時甚至幾天，卻遲遲無法動手。他總有種像這樣坐在沙發上打盹的話，佐佐山隨時會從那扇門若無其事地探頭現身的錯覺。

時間已是凌晨兩點。不快點整理，明天就要接受心靈指數的定期檢查。最近累積了許多疲勞，好好休息以萬全的狀態去接受檢查比較好。

狡嚙從椅背上起身，望向矮桌，幾張佐佐山拍攝的妹妹照片隨意拋在那裡。

應該將這些照片放進棺材裡的——狡嚙深感後悔。老是這樣，自己就是不夠細心，老是被眼前的事情所囿……

那時候他應該對佐佐山開槍的，卻因一時的不忍而猶豫，讓佐佐山單獨和藤間對峙。這種超越監視官與執行官立場的情感，把佐佐山推向死亡。

自己究竟想在與佐佐山的關係中找到什麼？

友情嗎？

他為了這麼不成熟的想法，把身為監視官絕對不該放開的牽繩放開了。明知那是佐佐山的救命繩索。

狡嚙感到呼吸困難，把頭髮亂搔一通。思考一次又一次地陷入死胡同。每一次得出這個結論，心中就好像破了一個大洞，陷入不斷在黑暗中沉淪的感覺。而想拋棄一切、讓自己就這樣不斷沉淪下去的慾望，更令狡嚙感到痛苦。他只能不斷催眠自己還有必須要做的事，才能勉強維持住。

總之先整理這個房間吧。想說供奉在墳前也好，狡嚙決定先整理佐佐山拍攝的照片而伸出手。他在照片堆中，發現有一張氣氛與其他照片截然不同的照片。

在人群之中引人注目的銀髮男子。

他的身體被用紅筆畫圈，並以醜陋的字體寫著「MAKISHIMA」。

「MAKISHIMA……」

狡嚙想起在和佐佐山的最後對話中聽過這個名字，立刻在腦內完整地重播。他不知已反覆思考過這段對話多少次。

『MAKISHIMA？什麼意思？』

「抱歉，我待會兒再說明！我要去追那傢伙了。」

『慢著，到底是怎麼回事？』

「藤間一定就在他的目的地。我猜他就是操控標本事件的幕後黑手……」

前幾天，這一連串標本事件以嫌犯不明為由，局長下令停止搜查。有一名執行官殉職，而唯一的重要關係人桐野瞳子也因為被施打藥劑造成大腦受損，失去溝通能力。慢性人手不足的公安局，實在無法繼續派出人員進行偵查。考慮到組織的運作，這麼做並沒有錯。

但是，這起案件尚未結束。

佐佐山說「待會兒再說明」，但他已殉職，不在人世了。

「這傢伙就是『MAKISHIMA』嗎？」

狡嚙凝視著寫在照片上的拙劣文字，自言自語地問。當然，沒有人回答。狡嚙彷彿想尋找回答的人，視線在房內徘徊。房間原主留下的痕跡一一闖入視野，視線最後停在堆積大量菸灰的菸灰缸。

他想起佐佐山說「刑事課的癮君子不多一點的話，總覺得會被排擠」這句話。

狡嚙從堆滿菸灰的菸灰缸裡選出一條較長的菸屁股，用放在一旁的打火機點燃。他遲遲點不著，菸屁股好不容易才冒出煙來。

狡嚙把菸屁股湊到嘴邊。

好苦，多麼苦澀的味道啊。即使如此，狡嚙依然硬將煙填滿肺部。進入肺部的煙，讓狡嚙有種被揪緊的痛楚。

「這傢伙就是『MAKISHIMA』嗎？」

香菸煙霧伴隨言語釋放到空間中，消失不見。

狡嚙內心逐漸變得空虛，取而代之地，有某種怪物般的感情在蠢動。

他還不知道，那種感情名為「殺意」。

文庫版新稿　關於星辰數目及悲劇數目的考察

十九世紀末，以工業革命為開端的人口成長在第二次世界大戰後更是爆發性地增加，促進了已陷入瓶頸的「新自由主義經濟」瓦解。「富人」與「窮人」的差距化為無盡憎恨的溫床，「基於能力主義的自我責任論」的假議題在迎向終結後，隱藏在人類內心最底層、以各種複雜奇怪的方式發酵的憎恨，終於噴發到現實世界來。疲累的經濟狀況下，失去統率能力的為政者們，在人們瘋狂暴亂的憎恨面前無能為力，進入所謂「世界內戰」的「大紛爭時代」。

但是，全球只有一個國家成功避開「大紛爭時代」。

那就是位於遠東的島國——日本。

日本政府創造出「總括性生涯福祉支援系統」，即「希貝兒先知系統」，以高度的演算能力輕易實現了人類有史以來無法解決的「無過與不足地分配、運用有限資源」此一課題。只要是在希貝兒先知系統所管理的日本社會生活，資源就會恰如其分地被分配。就這樣，「飢餓」從日本國內消失了。

這是奶油麵包。

雖然被薄紙包住了，但是可愛的圓滾滾造型、恰好能被女性一手掌握的偏小尺寸、微微散發出來的香甜奶油及酵母香氣，以及最重要的是印刷在薄紙上的華麗粉紅色文字，都大大地彰顯出它的存在感。

「這不是丸堂的奶油麵包嗎！」

一踏進厚生省公安局刑事課第一分隊的刑警辦公室裡，佐佐山光留立刻出聲大喊。跟著他進入辦公室的狡嚙慎也和宜野座伸元從佐佐山背後探出頭來。兩人隔著佐佐山的肩膀，睜大眼低頭看著奶油麵包。單手端著茶杯的六合塚對他們說：

「你們回來啦？結果如何？」

狡嚙的視線停留在丸堂的奶油麵包上，脫下背心一臉厭煩地坐在辦公椅上。宜野座瞥了一眼狡嚙後，把眼鏡向上推起，用力地按壓內眼角，深深嘆一口氣。用不著言詞說明，兩人的這副模樣已回答了六合塚的問題。

「哎呀～看來又被狠狠訓了一頓呢～」

坐在辦公椅上的內藤整個身體向後仰，以很有年輕人風格、不負責任的語氣說道。

「其實算不上很嚴重啦。」

佐佐山邊搔頭邊說，兩名年輕監視官立刻狠狠瞪他一眼。

「你給我閉嘴。」

「你以為是誰害我們被霜村先生說教？不是我愛說，你啊……」

剛剛這兩名監視官因為佐佐山平日的放蕩行為，被大前輩監視官霜村訓斥一頓。整整一個小時在霜村面前低頭所累積的鬱悶，彷彿正好抓住這個機會發洩，宜野座開始滔滔不絕地訓話。佐佐山縮起肩膀，嘟起嘴唇，小跳步走回自己的座位。這種輕佻的舉止反而更觸怒宜野座，他不禁怒聲大喊：「喂，你有在聽嗎！」

「怎麼會有這個奶油麵包？」

佐佐山故意背對氣得肩膀顫抖的宜野座，詢問六合塚。

「這是第二分隊的青柳監視官送我們的。她剛好經過店前，看難得沒有人排隊就買了。」

「唔哇～不愧是璃彩，好貼心！」

宜野座因過度憤怒，陷入輕微缺氧的狀態，不停地大口喘氣。狡嚙輕拍他的肩膀，凝視他的雙眸中包含放棄的神色，靜靜地說：

「繼續訓斥他也只是浪費卡路里而已，來吃奶油麵包吧。」

狡噛隨著嘆氣吐出的這句話，似乎帶著「吃點甜點，暫時拋開這世間的憂鬱」這般殷切的願望，讓宜野座的憤怒逐漸消退。

「我們能吃這個吧？」

像是要一掃現場的火爆氣氛，狡噛問留下來的三名執行官。定睛一看，三人桌上都有揉成一團的奶油麵包包裝薄紙，可知大家都享用過了慰勞品。狡噛的詢問是建立在對方當然會爽快允諾的前提上提出來的，然而，這個前提立刻被顛覆了。回望狡噛的三名執行官，表情微微蒙上一層陰影。

「好是好……」

六合塚欲言又止。

「怎麼了？」

「問題是，奶油麵包只剩一個喔……」

狡噛陡然陷入一種自己所處的空間超越了物質世界，時間與聲音都隱沒消失，反覆著收縮與膨脹的感覺。他拚命將差點被拋到宇宙遠方的意識拉回，凝視周遭仔細確認。沒錯，存在於這個空間的奶油麵包只有一個，僅僅只有一個。

當身旁宜野座的口中驚訝發出「什……」的瞬間，原本坐著的佐佐山猛然站起，扭轉上半身，以看似瘦弱、實則結實的手臂筆直伸向奶油麵包。狡噛腦子還來不及思考就下意識地抓住那隻手臂，用全身力氣將他壓制在桌上。

「好痛！喂，你幹嘛啦，快放開我！」

狡噛整個人往前傾，壓制著佐佐山的手臂，同時默默搖了搖頭。站在狡噛背後的宜野座以冰冷的視線盯著佐佐山說：

「佐佐山……你這種行為太不可取了，太不可取了，佐佐山。」

帶著寒凍之氣的這句話，緩慢地沉入刑警辦公室的地板。佐佐山覺得自己的心也隨之涼了半截。

「璃彩姊說，她本來想幫我們每個人都買一個，可惜賣光了～」

內藤如此說道。他的嘴角沾有乳白色奶油。

「原來如此，內藤，奶油麵包好吃嗎？」

狡噛的上半身仍然趴在佐佐山身上，如此問道。

「哎呀～丸堂的奶油麵包真的很驚人呢～雖然之前早有耳聞，但沒想到這麼不得了～」

佐佐山感覺到擒住自己的力道似乎愈來愈強大，不禁倒抽一口氣。

「啊～我是開玩笑的啦，開玩笑的。喂，我們來討論一下嘛。任何誤會經過討論都能冰釋，不是嗎？」

狡嚙抬起頭來，但手上的力道未曾稍緩。

「六合塚，妳拿走那個麵包，先跟我們保持一段距離再說。」

六合塚默默遵從狡嚙的要求。她沒有道理不這麼做。確認捧在六合塚手掌上的奶油麵包移動到刑警辦公室的牆邊後，狡嚙總算放開佐佐山的手。佐佐山輕揉被捏皺的袖子，啐了一聲。凝重的沉默在狡嚙、宜野座與佐佐山之間降臨，三人都有一種不管誰開口說什麼，都只會引來無邊無際的爭論的預感，使得沉默變得更加凝重。

「唉，你們就相親相愛地切成三等份來吃嘛。」

直到剛才都決定袖手旁觀的征陸，在此重要時刻擺出年長者的威嚴進行仲裁。

「嗯，呃，說得也是……」

佐佐山不好意思地搔搔頭說。聽到他這句話，三人之間的緊繃氣氛總算略為和緩。趁著這個空檔，宜野座也輕呼一口氣。他雖然對毫不猶豫地把整顆奶油麵包收進肚內的三名執行官們頗有微詞，但現在應該是先放下爭執的時候，畢竟大家都是成年人了。諸如此類的想法在宜野座腦中盤旋。這時放下堅持，總覺得像是被征陸說服了，令他有點不愉快，但內心有道冷靜的聲音正敲響警鐘說：「耗在這裡，徒然浪費人生更沒有意義。」宜野座聳聳肩，抬頭望天，以盡可能冷靜的聲音對六合塚說：

「六合塚，麻煩妳把那個奶油麵包均分成三等份吧。」

六合塚在刑警辦公室角落輕輕點頭，正準備拆開柔軟的包裝時……

「慢著！那個『三等份』是以什麼為基準？」

狡噛的低沉嗓音在刑警辦公室的水泥牆上冷徹地響起。

「狡噛？」

對於這個突然拋出的難題，宜野座反射性地望向狡噛。狡噛的黑色眼眸筆直地凝視虛空。

「正如名稱所示，奶油麵包是一種在麵包內部空洞填入奶油的點心，但是根據我的經驗，麵包內部的奶油必然會偏向某一方。從外部無法確認奶油的偏頗，所以理所當然也不可能正確切分奶油。就算外型正確地分成三等份，但顯而易見的是，必然會發生某一部分是奶油麵包，而某一部分充其量只是麵包，不，甚至連麵包渣都稱不上的悲劇！」

狡噛滔滔如江水的主張，引發四周議論紛紛。

「狡噛先生……你怎麼了……？」

狡噛沒有回答六合塚不敢多問的疑惑，繼續主張：

「就算真的能正確均分奶油，包裹著奶油的麵包又如何呢？麵包靠著酵母此一生命體的發酵作用被創造出來，各部分的質量理所當然不可能均勻分布。換言之，要將奶油麵包正確地分成三等份是不可能的。難道你們認為用如此不精確的方法能解決這個問題嗎？不，不可能解決的。各位聽好，存在於這世上的紛爭，大多起因於『明明不可分割，卻誤以為能夠分割』的悲劇。土地能依照面積來分割嗎？住在上頭的人民又如何？文化呢？傳統能分割嗎？所以說，存在於世上的悲劇，大半都來自將不可分割的事物分割了所造成的扭曲。如果把奶油麵包分割了，那還算是奶油麵包嗎？恐怕只會變成奶油與麵包而已吧。各位難道真的以為高舉相親相愛的口號，抹煞『奶油麵包』此一概念的行為，真的能從根本解決問題嗎？」

內藤瞥了一眼熱切地緊握拳頭的狡噛，對征陸咬耳朵：

「大叔～去解決那個瘋狂的知識分子啦～」

「我嗎？」

「他居然還沒講完！」

「我認為這個奶油麵包既然做為奶油麵包存在於世間，就該完完整整地細細品味它！話又說回來，為什麼休息中的你們能吃奶油麵包，認真工作的我和宜野座卻吃不到？」

「啊，他果然很在意這點～」

「唉，早知道我就不吃了……」

征陸苦笑著自言自語。已經沒人敢看狡嚙，每個人都替自己的視線挑選一個地方凝視，靜靜等待狡嚙的言語彈盡糧絕。奶油麵包在六合塚的掌心上漸漸被體溫加熱。六合塚望著捧在掌心的奶油麵包，陷入一種這個可愛物體正逐漸增加其質量的錯覺。

「我明白了！」

這時，一名男子撕裂了這鬆弛、沉滯的刑警辦公室氣氛。是佐佐山。

「狡嚙！宜野老師！我們走吧！」

說完，他把脫下的西裝披在肩上，大步走向通往走廊的門。

「我的話還沒說完！」

佐佐山伸手輕拍仍不肯罷休的狡嚙肩膀，誇張地點頭。

「狡嚙，我已經非常了解你的心情！是我不好。我就承認了這一切都是我不好，這樣總行了吧？啊？」

他邊說邊用力拍打狡嚙的肩膀。受到衝擊，視野劇烈搖晃，而佐佐山的用意也難以估量，感到混亂的狡嚙總算收起言語機關槍。

「我們去買吧！丸堂的奶油麵包！不管要買十個或一百個都行，我請客！」

「什麼！」兩名年輕監視官一起驚聲尖叫。

「別小看我，請晚輩吃甜點這種程度的小事，我還辦得到！」

佐佐山得意地揚起嘴角說。

「呃……可是……真的好嗎？」

宜野座反問。乍看他問得客氣，但佐佐山注意到他的臉頰早因期待而紅潤。雖然平時個性倨傲難近，但宜野座其實是個誠懇的年輕人，佐佐山由衷認為他很可愛。至於狡噛——

狡噛滿臉通紅，嘴巴一張一闔，額頭薄薄滲出一層汗水。恐怕是因為自己的願望突然得以實現，猛然恢復冷靜，開始對剛才的行動感到自責了。佐佐山在心中喃喃自語：「我懂我懂。」人們就是透過這種經驗才會成長。身為人生的前輩，能扮演讓狡噛更為成熟的推手，佐佐山感到與有榮焉。

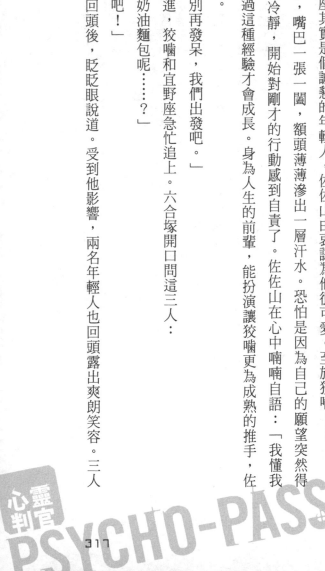

「好了好了！別再發呆，我們出發吧。」

佐佐山颯爽邁進，狡噛和宜野座急忙追上。六合塚開口問這三人：

「請問，這個奶油麵包呢……？」

「給唐之杜吃吧！」

佐佐山輕快地回頭後，眨眨眼說道。受到他影響，兩名年輕人也回頭露出爽朗笑容。三人的腳步聲在遙遠漫長的走廊彼端逐漸變小，終至消失，靜寂又重新降臨刑警辦公室。

「剛剛那是怎麼回事嘛～」

內藤張大嘴說，但沒人回答他的問題。

「六合塚，趁那個奶油麵包還新鮮，趕緊拿去給唐之杜吧。」

「嗯。」

說完，征陸覺得胃有點沉重，恐怕不只是因為奶油麵包的緣故。六合塚凝視著在手上被體溫溫熱了的奶油麵包，喃喃說道：

「只不過，就算他們現在跑去買，奶油麵包也賣完了呀……」

人們在希貝兒先知系統的管理下克服了飢餓。理應如此。但個人層級的執著卻仍存在，就這點而言，希貝兒先知系統尚無法稱之為完善吧。

等到希貝兒的恩寵毫無缺漏地降臨在每個人身上的那一天來臨，人類就會走向新的階段。

相信那一天已經不遠了。

國家圖書館出版品預行編目資料

PSYCHO-PASS心靈判官 /0 : 沒有名字的怪物 / 高羽彩作 ; 林哲逸譯 . -- 初版 . -- 臺北市 : 臺灣角川 , 2016.06

面 ; 公分

譯自 : PSYCHO-PASS サイコパス /0 : 名前のない怪物

ISBN 978-986-473-161-9(平裝)

861.57 105006994

輕文學
Light Literature

PSYCHO-PASS 心靈判官／0 沒有名字的怪物
原著名＊PSYCHO-PASS サイコパス／0 名前のない怪物

作　　者＊高羽彩
譯　　者＊林哲逸

2016年6月23日 初版第1刷發行
2020年6月9日 初版第3刷發行

發 行 人＊岩崎剛人
總 經 理＊楊淑媄
資深總監＊許嘉鴻
總 編 輯＊呂慧君
副 主 編＊溫佩蓉
設計指導＊陳晞叡
印　　務＊李明修（主任）、張加恩（主任）、張凱棋

台灣角川

發 行 所＊台灣角川股份有限公司
地　　址＊105台北市光復北路11巷44號5樓
電　　話＊（02）2747-2433
傳　　真＊（02）2747-2558
網　　址＊http://www.kadokawa.com.tw
劃撥帳戶＊台灣角川股份有限公司
劃撥帳號＊19487412
法律顧問＊有澤法律事務所
製　　版＊尚騰印刷事業有限公司
I S B N＊978-986-473-161-9